# BIBLIOTHÈQUE CONTEMPORAINE

### Théâtre moderne.

# L'ARGENT

# DU DIABLE

### COMÉDIE-DRAME EN 3 ACTES

PAR

## MM. VICTOR SÉJOUR ET JAIME FILS

### Prix : 1 franc

## —MICHEL LÉVY FRÈRES, LIBRAIRES-ÉDITEURS

### RUE VIVIENNE, 2 BIS

## PARIS — 1854

Paris. — Typ. de M^me V^e Dondey-Dupré, rue Saint-Louis, 46.

# A M. Jaime Fils.

Mon cher Jaime,

J'ai pu consentir à signer seul l'affiche dans l'incertitude du succès. Mais je me fais un devoir, aujourd'hui, de vous renvoyer la meilleure part des éloges que j'ai reçus, et qui vous revient,

Tout à vous de cœur,

VICTOR SÉJOUR.

8 mars 1854.

# DISTRIBUTION DE LA PIECE.

LORIOT, maître meunier, 65 ans. . . . . . . . . . . . . . . . . . . MM. DESHAYES.
GILBERT, son fils, 26 ans. . . . . . . . . . . . . . . . . . . . . CH. PÉREY.
CHARMETTE, fille adoptive de Loriot, 18 ans . . . . . . . . . Mⁿᵉ DESHAYES.
BABOLEIN, ex-intendant du marquis de Château-Neuf. . . . MM. MUTÉE.
MÉDARD, garçon meunier. . . . . . . . . . . . . . . . . . . . . LASSAGNE.
MARCELLE, servante . . . . . . . . . . . . . . . . . . . . . . . . Mⁿᵉ ESTHER.
PATAUD, garçon meunier. . . . . . . . . . . . . . . . . . . . . .

Garçons meuniers, Paysans, Paysannes.

*La scène se passe au village de \*\*\*, en 1811.*

# L'ARGENT DU DIABLE

## ACTE I.

Une salle de moulin chez Loriot. — Porte au fond; une porte à gauche; un buffet à gauche de la porte du fond. — A droite, une échelle de meunier conduisant dans l'intérieur du moulin; autre porte sur le devant à droite. — A gauche, table, avec papier, plumes et encre. — Fenêtre à droite, troisième plan. — Au lever du rideau, tableau animé de l'intérieur d'un moulin; le plafond, ouvert par une trappe, permet aux sacs de farine de monter et de descendre. — Porte au fond; — fenêtres, ameublement rustique.

---

### SCÈNE I.

CHARMETTE, assise à gauche, enregistre les sacs; MÉDARD les numérote à l'aide d'un gros pinceau trempé dans du rouge, DEUX GARÇONS, puis MARCELLE, autres garçons et filles du moulin.

#### CHARMETTE.

Trois cent vingt-cinq, N. B., orge et farine...

##### MÉDARD, achevant le chiffre.

N. B., ça y est !... hein, mademoiselle Charmette ?... et que vous pouvez ben vous flatter d'avoir un aide-moulin... (On emporte le sac à droite.)

##### CHARMETTE, écrivant.

Allons donc, paresseux !...

##### MÉDARD.

Moi ?... ah ! (Criant aux gens d'en haut.) Trois cent vingt-cinq, marqué... après !... — Laissez venir !... (Un autre sac descend.)

##### UNE VOIX, d'en haut.

Trois cent vingt-six !... à la main !... allons donc, fainéant...

##### MÉDARD, recevant le sac de farine.

Ho ! hé !... (Se retournant vers Charmette.) Avec ça qu'un fainéant vous a un gosier de cette trempe ! (Il trempe son pinceau pour numéroter le sac; midi sonne; il s'arrête.) Je me disais ben aussi que midi n'était pas loin ! — (Criant aux gens d'en haut.) Ho, hé ! vous autres... — C'est l'heure de manger la soupe... (On entend le son d'une cloche; tout bruit de travail cesse. — Charmette va au fond. — Les meuniers et filles du moulin entrent de tous côtés.)

MARCELLE, apportant une mère gamelle et entrant par la gauche.

La soupe !... la voilà donc*.

MÉDARD, prenant la mère gamelle.

Dieu, la bonne soupe !... arrivez donc, vous autres !.... c'est moi qui fais la distribution... (Il sert la soupe à chacun.) A moi le reste !... Oh ! la bonne soupe !... on nagerait dedans, quoi ! (Il s'est assis par terre et mange. Charmette est remontée au fond et regarde sur la route.)

CHARMETTE, à part.

Et Gilbert qui ne revient pas !...

MÉDARD, à Charmette.

Vous ne mangez pas, la fine fée des grands charmes ?

CHARMETTE.

Non, je n'ai pas faim. — (Revenant.) Est-ce que Gilbert n'aurait pas dû être de retour ?

MÉDARD, la bouche pleine.

De retour ?... mais il faut qu'il prenne des renseignements sur son père !...

CHARMETTE.

C'est vrai !... (Elle sort à droite.)

MÉDARD.

Voilà tout de même une drôle d'idée qui lui a pris à ce vieux Loriot de s'en sauver comme ça, un beau matin, comme une alouette, ou comme un amoureux de vingt ans !...

MARCELLE.

Avec toutes les folletés du jeune âge, da !

MÉDARD, mangeant.

Je n'ai jamais pu m'expliquer ça, moi... et pourtant... si je n'ai pas compris... ce n'est pas vous, qui êtes tous plus bêtes les uns que les autres, qui comprendrez... (Les paysans ricanent.)

UN PAYSAN.

Avec ça que t'es si malin !

MÉDARD.

Qué qu' t'as dit, toi ?... vas-tu pas nous faire croire que tu as saisi le pourquoi du comment de cet ensauvement, toi ?

LE PAYSAN.

Moi ?... non !

MÉDARD, lui fourrant sa cuillère dans la bouche.

Alors, avale ta soupe, animal ! — Enfin, il a tout quitté, le père Loriot : fils, moulin, village... et cela depuis six mois !

MARCELLE, secouant la tête.

On a beau dire... ce n'est pas naturel !

* Marcelle, Médard, Charmette.

**MÉDARD.**

Tiens, cette trouvaille !... on le sait bien que ço n'est pas naturel !

**MARCELLE.**

Cette trouvaille !... va donc, beau parleux !

**MÉDARD.**

Elle m'asticote toujours !... et tout ça parce que je ne veux pas d'elle pour ma femme !...

**MARCELLE.**

C'est moi qui ne veux pas de toi !

**MÉDARD.**

On t'en donnera des comme ça !...

**MARCELLE.**

Un beau merle qui n'a pas le sou !...

**MÉDARD.**

Pas le sou ?... et mon parrain, qui doit me laisser tout son avoir ?... d'ailleurs on n'a pas besoin d'argent avec une figure comme ça !... et je veux d'une femme qui m'aime pour moi-même !... (On rit.)

**MARCELLE,** haussant les épaules.

Tiens, voilà l'effet que tu me fais !...

**MÉDARD.**

Ça, c'est possible !... je suis assez spirituel pour ça... Finalement, je crois que le père Loriot était fêlé... voilà !... (Marcelle emporte la gamelle et les écuelles; puis elle revient.)

**CHARMETTE,** rentrant [*].

J'aurais presque envie de me fâcher, Médard. Et si c'est pour rire de mon bienfaiteur que vous êtes ici...

**MÉDARD.**

Ah ! ce n'est pas par méchanceté... je suis spirituel, mais point méchant !

**MARCELLE.**

Vous avez eu raison, mam'zelle, de lui écraser son grain à cette pie-là ! (Elle remonte et passe à droite.)

**MÉDARD.**

Parce que j'ai dit que le père Loriot était fêlé... où est le mal ?

**CHARMETTE,** passant à gauche.

Le mal est dans l'esprit que vous avez.

**MARCELLE [**].**

De l'esprit ?... Ah ! si seulement monsieur Gilbert était là, il vous l'aurait déjà flanqué dans la soupe !

[*] Marcelle, Médard, Charmette.
[**] Charmette, Médard, Marcelle.

##### MÉDARD.

Il faudrait voir... ah! mais!... j'ai des bras... et je ne boude pas, moi!... et... tout fils de Loriot qu'il est... et tout maître meunier qu'on le salue... je suis un homme, moi... je déracine les arbres... je porte les femmes à bras tendu... je ne crains rien, moi!... je... (Apercevant Gilbert qui arrive.) Cristi, le voilà !

## SCÈNE II.

LES MÊMES, GILBERT. Mouvement général à son entrée.

CHARMETTE, s'élançant au-devant de Gilbert.

Eh bien, Gilbert, eh bien?

GILBERT, jetant son chapeau avec colère.

Rien!...

MÉDARD, ramassant le chapeau et le brossant avec son coude.

Rien?...

##### CHARMETTE.

On ne t'a rien dit?

##### GILBERT.

On m'a dit ce que nous savions déjà : qu'un matin mon père avait traversé à pied le village de Saint-Just, et qu'une maudite fièvre l'avait retenu quinze jours à Bourges, en dévorant les quatre sous qu'il avait emportés; mais qu'à peine guéri, il avait repris son chemin, et que depuis on n'en avait point entendu parler.

##### CHARMETTE.

Il nous avait parlé de deux mois de voyage, et en voilà six, mon Dieu !

##### GILBERT, ému.

C'est bien!... Il ne faut pas négliger le moulin pendant son absence... voyons, les sacs de grains sont-ils enregistrés?...

##### CHARMETTE.

Oui. (Ils vont dans le fond et vérifient ensemble le petit registre que tient Charmette.)

MARCELLE, à Médard et aux autres paysans qui l'entourent.

S'il était défunt tout de même!...

##### MÉDARD.

Défunt?... Ah! c'te bêtise!... s'il était défunt, il serait revenu... non... on le saurait bien... et il serait revenu... mon grand-père est mort à Yvoy-le-Pré, et il est bien revenu... nous tourmenter toute une nuit... vous voyez bien... puisqu'il n'est pas revenu, c'est qu'il n'est pas mort!...

MARCELLE.

Pauvre cher homme ! il était si gai !...

MÉDARD.

Il en faisait rire les moutons, quoi !... rien qu'à le voir je défaisais la boucle de ma culotte !

MARCELLE.

Et comme il vous jouait du violon !...

MÉDARD.

Ça c'est vrai... et l'eau vous en vient encore à la bouche. Depuis qu'il est parti on ne danse plus... on dansaille !...

MARCELLE.

Et sa vieille chanson, vous en souvenez-vous ?... les rentes du bon Dieu !...

MÉDARD.

Voilà une chanson, par exemple !... je l'ai entendue vingt-trois ans tous les dimanches, comme si elle arrivait toute neuve de Paris ! Tenez, je m'en vas vous en régaler... fermez les yeux, et vous pourrez croire que c'est lui !...

MARCELLE.

Ça y est... la chanson du père Loriot !

TOUS.

Oui, oui !

MÉDARD.

Attention !...

MARCELLE, prenant sa place.

Non, à moi le premier couplet !...

*Air nouveau de M. Nargeot.*

L'argent et l'or, la belle affaire !...
Mais l'eau qui chante autour des joncs,
Mais le soleil qui nous éclaire,
Dorant les blés dans les sillons ;
Et, sous nos pieds, l'herbe qui pousse,
Le raisin mûr pour le pressoir,
Et les gais oiseaux, jusqu'au soir,
Battant des ailes dans la mousse....
Bons paysans, voilà ce qu'on trouve en tout lieu,
Voilà les rentes du bon Dieu !

*(Reprise en chœur.)*

MÉDARD.

Second couplet !

Laissons les oisifs dans les rues,
Aux sales tripots les buveurs ;
Allons, laboureurs aux charrues,
Aux faucilles, bruns moissonneurs :
La terre est rude, mais féconde ;
Nous peinons, mais notre sueur
Fait gonfler le blé dans sa fleur....
Nous sommes les greniers du monde !...
Bons paysans, voilà ce qu'on trouve en tout lieu,
Voilà les rentes du bon Dieu !

LORIOT, *en dehors.*

Bons paysans, voilà ce qu'on trouve en tout lieu,
Voilà les rentes du bon Dieu !

GILBERT, écoutant.

Ah ! mon Dieu !

(On prête l'oreille.)

CHARMETTE, regardant à la fenêtre.

Mais c'est lui !

TOUS.

C'est lui !

LORIOT, paraissant sur le seuil de la porte du fond.

Eh ! oui, parbleu, c'est moi !... c'est le vieux Loriot !... Embrassez-moi, mes enfants...

(L'émotion générale gagne Loriot ; il tombe entre les bras de Gilbert et
de Charmette qui le couvrent de baisers ; un des garçons meuniers lui
prend son violon et le pose sur la table.)

## SCENE III.

### LES MÊMES, LORIOT.

GILBERT, très-ému.

Ah ! c'est vous !.... Méchant père !..... Ah ! fi ! nous avoir ainsi
bourrelés de chagrin... Enfin vous voilà ! (il l'embrasse) et bien
portant, n'est-ce pas ?...

LORIOT

Oh ! ça, la santé, fidèle au poste !... Mais que je t'embrasse
donc encore !... (A Charmette.) Et toi, ma fine, tu ne dis rien ?

CHARMETTE, l'embrassant.

Je suis bien heureuse !

LORIOT, l'examinant.

Tu as bonne mine, jarnidié, quoique un peu pâlotte !

MÉDARD.

Je crois ben, bourgeois... tout à l'heure nous pleurions tous
comme des robinets !

LORIOT.

En chantant?

MÉDARD.

Votre vieille chanson... pour nous figurer que c'était vous !

LORIOT, leur serrant la main à tous.

Merci !... merci !... vous n'avez pas oublié le vieux Loriot ! — Ah ! c'est bon de se retrouver chez soi !.. mon vieux moulin !... (Appelant.) Marcelle !... à boire !...

MARCELLE.

Voilà, notre maître, voilà !

(Elle lui sert à boire.)

LORIOT.

Un coup à tous ces bonnes gens pour qu'ils boivent à ma santé !...

(Marcelle donne à boire à tout le monde.)

GILBERT.

Voilà une fameuse bouffée de bonheur au moins ! (A Loriot.) Et, maintenant, père, nous diriez-vous le motif de cette longue absence ?...

LORIOT.

Curieux, va !

MÉDARD, s'approchant *.

Curieux ?... ce n'est pas juste, père Loriot... Si nous l'avions été gros de ça... nous aurions eu tout le temps de dessécher.

LORIOT.

Eh bien! voilà la chose, mes enfants. (On se groupe autour de lui.) Le pourquoi de mon départ... je ne peux pas vous le dire.... mais j'ai réussi !...

MÉDARD.

Ah!... c'est différent !...

LORIOT.

Oui, j'ai réussi !.... et ce soir, sous les grands arbres, je vous ferai danser pour tout le temps que vous m'avez pleuré !

MÉDARD.

Quand je disais que c'était la gaieté du pays !

TOUS, buvant **.

A la santé du père Loriot !...

* Marcelle, Charmette, Médard, Gilbert.
** Marcelle, Gilbert, Médard, Loriot, Charmette.

LORIOT, trinquant avec eux.

A la vôtre!... (Après avoir bu.) Un vieil ami que je reconnais aussi!... (Prenant son violon.) A présent, le troisième couplet!...
(Il chante en s'accompagnant de son violon.)

La récolte est faite, elle est bonne...
Dansons donc les mains dans les mains :
Main qui bêche et main qui moissonne,...
Oui, dansons, les greniers sont pleins!...
Nos femmes ont la taille ronde,
Nos filles blondes, la beauté,
Et nous avons, nous, la santé....
Le soleil luit pour tout le monde!...
Bons paysans, voilà ce qu'on trouve en tout lieu,
Voilà les rentes du bon Dieu!

*Reprise en chœur. — On danse sur le refrain.*

TOUS.

Vive le père Loriot!... (Babolein entre.)

UN PAYSAN *.

Monsieur Babolein!...

TOUS, reculant.

Le diable!...
(Charmette prend le violon de Loriot et le donne à un garçon qui va l'accrocher à gauche près de la porte.)

BABOLEIN.

Vous chantiez, je crois?... est-ce que je trouble votre gaieté?...

MÉDARD, tremblant et saluant. — Il est avec Marcelle contre la porte à gauche.

Ah! par exemple... vous pourriez croire...

BABOLEIN.

Alors, chantez!...

MÉDARD, à part.

Merci... pour que ma chanson me rentre dans le ventre et me donne la colique!

BABOLEIN.

Eh bien?...
(Reprise du refrain, mais presque bas; on s'éloigne avec des marques de frayeur.)

*Reprise du chœur.*

Bons paysans, etc.

* Gilbert, Marcelle, Médard, Babolein, Loriot, Charmette.

MÉDARD, à part.

Qu'est-ce qu'il vient faire ici, un jour de fête, ce grand esque-lette-là ?...

(Il sort avec Marcelle par la gauche ; Loriot a donné une chaise à Babolein.)

LORIOT, à part.

Il est exact au rendez-vous... bon signe.

## SCENE IV.

### GILBERT, CHARMETTE, BABOLEIN, LORIOT.

BABOLEIN, assis.

Ces rustres !... on dirait que je leur fais peur.

GILBERT, assis sur le bord de la table de gauche.

On dirait la vérité, et à votre place, j'y serais habitué.

BABOLEIN.

Je leur fais peur... moi... un être inoffensif ?...

GILBERT.

Tenez, monsieur Babolein, ne faites pas la bête du bon Dieu. Vous n'êtes pas aimé dans le pays, vous le savez bien.

BABOLEIN.

Moi?... (A Loriot.) Il est bien jeune votre fils, père Loriot. (A Gilbert en raillant.) La dent que vous me gardez n'est pas une dent de sagesse.

GILBERT, s'animant.

Oh ! pour moi, je vous ai dit votre fait depuis longtemps, et entre les deux yeux encore !... et je m'étonne...

CHARMETTE, essayant de le calmer.

Gilbert !

GILBERT, continuant.

Ah ! remerciez le hasard qui vous a poussé ici juste au moment où il nous ramenait mon père, et le faisait seul maître chez lui... il y a tantôt dix minutes, il n'y aurait pas eu assez de portes et de fenêtres pour vous faire sauter dehors !

BABOLEIN.

Je vous le répète, père Loriot, votre fils est bien jeune. — Je me tais par amitié pour vous.

LORIOT, à Gilbert avec une fausse bonhomie.

Çà, que t'a donc fait ce bon monsieur Babolein ?

GILBERT.

Ce qu'il m'a fait ?...

CHARMETTE, bas à Gilbert.

Gilbert, tais-toi !

GILBERT.

Ne faudrait-il pas se coudre la bouche devant l'ex-intendant du marquis de Château-Neuf?...

CHARMETTE.

Gilbert!

GILBERT, passant près de Babolein *.

Non, je parlerai!... (A Loriot.) Ce qu'il m'a fait?... Il a osé insulter Charmette! — C'est une fille pauvre, monsieur Babolein, mais elle n'a ruiné personne!...

BABOLEIN, se levant.

Monsieur Gilbert!...

(Loriot range la chaise.)

GILBERT.

Elle n'a rien, pas même l'argent des autres, dont ses mains sont nettes, et qui aurait gêné sa conscience ?...

BABOLEIN, éclatant.

Ah! prenez garde!

GILBERT, se montant.

Oh! je sais qu'il y a tout à redouter de vous... je sais que vous êtes rancunier, comme un valet que vous étiez, et que vous avez toute l'audace d'un enrichi.... Je sais, mon Dieu, je sais que vous êtes craint et maudit dans tout le pays, à telle enseigne qu'on vous a baptisé le diable... mais c'est moi qui vous parle, moi fils de Loriot, et maître meunier dans ce canton... Je ne vous crains pas, entendez-vous?... Oh! nous ne sommes plus d'un temps où le premier coquin venu pouvait faire pendre un honnête homme!

(Loriot se frotte les mains dans le fond en les écoutant.)

BABOLEIN, se contenant.

Voilà de belles choses à entendre, père Loriot... et si c'est pour cela que vous m'avez fait venir, je vous en remercie.

LORIOT, reprenant sa bonhomie et allant à Gilbert **.

Tu as tort, Gilbert, tu as tort!... Tiens, va prendre un peu l'air, ça te fera du bien..

(Mouvement de Gilbert.)

CHARMETTE.

Si tu continues, Gilbert, je vais me fâcher.

GILBERT, se calmant.

Oui, tu as raison, petite sœur. Mais, vois-tu, c'est plus fort que moi... Quand je regarde cet escogriffe-là, il me prend des rages!... Tiens, je m'en vais... ça vaudra mieux!

(Il sort brusquement par la gauche, Charmette le suit, sur un signe de Loriot. Babolein a posé son chapeau et sa canne sur une marche de l'échelle.)

* Charmette, Gilbert, Babolein, Loriot.
** Charmette, Gilbert, Loriot, Babolein.

### SCENE V.

### LORIOT, BABOLEIN.

LORIOT, avançant une table.

Ah! un enfant qui me donnera bien du souci, mon bon monsieur Babolein... Une soupe au lait, quoi!... mais le cœur sur la main; et le dos tourné...

BABOLEIN.

C'est bon. A cause de vous... un vieillard que j'estime...

LORIOT.

Comment, vrai, vous m'estimez?... (Lui serrant la main.) Je me suis toujours dit que nous étions faits pour nous entendre... et si vous vouliez pousser la bonté jusqu'à accepter un petit doigt de vin avec moi, là, vrai, le jour de mon retour serait le plus beau jour de ma vie. (Il va prendre une bouteille et deux verres dans le buffet.) Et pourtant, le père Loriot a eu de beaux jours dans sa vie!... D'abord, le jour de mon mariage... Vous rappelez-vous, mon bon monsieur Babolein... une petite grosse... rondelette de la taille et rebondie des joues, à laquelle vous preniez toujours le menton?... Histoire de rire. pour dire un mot risible. (Il place la bouteille et les verres sur la table.) Dame, je ne me fâchais pas comme mon bêta de fils. Il est vrai que Charmette n'est pas mariée. (Secouant la tête.) Charmette!... en voilà une encore qui me donnera du souci!... c'est jeune... ça a de la mine... mais c'est sans écus... Ma pauvre défunte l'a ramassée un jour sous les grands charmes. C'est pour ça qu'on l'a appelée Charmette. (En disant cela il a approché une chaise de la table.)

BABOLEIN, s'asseyant.

Dites donc, père Loriot, est-ce pour me raconter l'histoire d'une fille trouvée que vous m'avez fait venir?

LORIOT, s'asseyant en face de lui et versant à boire.

Ah bien, oui!... je sais trop le respect que je vous dois. A votre santé! (Ils boivent.) Qu'on vous appelle le diable... qu'on vous abomine dans le village... c'est bon pour des jeunesses qui n'ont rien à faire... Mais nous autres vieux, nous voyons clair; et j'ai toujours pensé, là, foi de Loriot, que vous étiez un malin.

BABOLEIN.

Vous dites?

LORIOT.

Oh! dans la bonne compréhension, monsieur Babolein, dans la bonne. A votre santé. Moi, voyez-vous, je suis un paysan... un franc et gros paysan, qui n'a pas plus d'éducation... (il attrape une mouche et la tue) que cet animal! (Riant.) Hé!... je suis né imbécile...

je mourrai imbécile... C'est le bon Dieu, mon père et ma mère qui l'ont voulu ainsi.

BABOLEIN.

Oui... oui... Mais venons au fait, je suis pressé.

LORIOT, riant.

Ah! ce n'est pas bien!

BABOLEIN.

Quoi?... Qu'est-ce qui n'est pas bien?

LORIOT.

Je vous dis que je suis un imbécile, et vous me répondez : Oui... oui... (Il rit.) Histoire de rire, pour dire un mot risible !...

(Il va chercher sa pipe à gauche sur un bahut.)

BABOLEIN, à part.

Il doit avoir quelque chose de bien important à me dire... tenons-nous sur nos gardes. (Haut.) Venons au fait, vous dis-je, je suis pressé.

LORIOT, revenant à la table et bourrant sa pipe.

L'odeur ne vous incommode pas?

BABOLEIN.

Beaucoup...

LORIOT, allumant sa pipe et fumant.

Comment, vous ne fumaillez point? Ah! vous avez tort. C'est une fameuse consolation, voyez-vous, pour nous autres vieux, qui moisissons au rencart.

BABOLEIN, à part.

Va, va, j'ai l'œil sur toi... (Haut et prisant.) J'aime mieux la prise... ça se prend partout sans incommoder personne. (Pause.)

LORIOT, allumant sa pipe.

Savez-vous ce que vous vous dites en ce moment, mon bon monsieur Babolein... Vous vous dites : Voilà un vieux sournois qui veut me fourrer dedans?

BABOLEIN.

Et vous, savez-vous ce que vous vous dites : Voilà un vieux malin que je vais jouer par-dessous jambe?

(Il se lève.)

LORIOT, changeant de ton.

Asseyez-vous... On n'apprend pas à faire des grimaces à de vieux singes comme nous.

BABOLEIN, qui s'est rassis.

Tenez, père Loriot, vous avez dit une grande vérité tout à l'heure, nous sommes faits pour nous entendre.

LORIOT, l'observant.

Qui donc vous a dit que j'avais réussi ?

BABOLEIN.

Personne... mais si vous avez voyagé six mois, comme le juif errant, c'est que vous cherchiez un moyen pour me tourmenter.

LORIOT.

Vous croyez cela?

BABOLEIN.

Vous êtes mon ennemi, Loriot.

LORIOT, avec bonhomie.

Moi?... (Lui tendant la main.) Touchez là, mon bon monsieur Babolein... (Se levant et lui secouant la main.) Eh ! bien oui, votre ennemi... votre ennemi acharné !

BABOLEIN, se levant en essayant de dégager sa main.

Eh ! serrez moins fort !

LORIOT, lui secouant la main.

Oui, acharné ! — (Rejetant sa main.) Ah! j'ai de la mémoire, moi !... — Et je vous ai haï, voyez-vous, du jour où vous avez fait condamner à mort le marquis de Château-Neuf, notre ancien maître, pour vous approprier de toute la fortune qu'il vous avait confiée !... Ah! jarnidié, ne niez pas ! — (Se contenant.) Mais le marquis de Château-Neuf avait une fille, monsieur Babolein?

BABOLEIN.

Elle est morte.

LORIOT.

Ça se dit, mais ça ne se prouve pas.

BABOLEIN, d'une voix étranglée.

Elle vit?

LORIOT, raillant.

Et vous?

BABOLEIN, passant à gauche.

Que m'importe? ma fortune est bien à moi, et je la garde !

LORIOT *.

Oh! vous la garderiez à moins... cette bonne grosse fortune... — Elle était si lourde, n'est-ce pas, que vous avez dû prendre un complice pour l'emporter?... Eh bien !... ce complice, je l'ai découvert, moi !

BABOLEIN.

Vous êtes fou !

* Babolein, Loriot.

2

LORIOT.

C'est possible. Mais un complice qui ne demande que juste ce qu'il lui faut d'argent pour retourner dans son pays, est peut-être un honnête homme égaré, et par conséquent parfaitement dangereux.

BABOLEIN.

Je ne vous comprends pas.

LORIOT.

C'est encore possible. Mais un matin — il y a six mois — tout en prenant ma limousine, je me suis dit : cet imbécile habite Francfort, allons à Francfort!... et me voilà parti avec mes soixante-cinq ans et mon violon ! — L'herbe était en pousse et les arbres bourgeonnaient. J'avais l'air de flâner. Je m'arrêtais dans chaque village, dans chaque trou, le nez en l'air et le violon en avant. — Mon cher violon!... J'en jouais souvent pour me délasser ; j'en jouais pour faire danser les jeunes gens et bavarder les commères ; j'en jouais quand j'avais faim, me contentant du pain que me rapportaient mes chansons !

BABOLEIN, à part.

Vieux vagabond, va !

LORIOT.

J'arrivais lentement, mais j'arrivais !

BABOLEIN.

Il n'y a donc pas de gardes champêtres dans ces pays-là ?

LORIOT.

Eh ! bien, là, vrai, mon bon monsieur Babolein, vous n'avez pas de chance... car au lieu d'une canaille endurcie, j'ai trouvé un brave homme de chrétien repentant.

BABOLEIN, s'oubliant.

Lui ?... c'est impossible !

LORIOT.

Ah ! il existe donc ?

BABOLEIN, à part.

Ah ! Babolein, tu vieillis !

LORIOT.

La vilaine chose que la vérité, n'est-ce pas ?... Enfin, à force de fouiller et de refouiller ses armoires, il a fini par trouver une lettre.

BABOLEIN, avec terreur.

Une lettre de moi ?

LORIOT.

De votre plus belle et blanche main, monsieur Babolein.

BABOLEIN.

Et vous avez cette lettre ?

LORIOT.

Là, sur mon cœur, écrite et signée, et qui constate la chose suffisamment.

BABOLEIN, avançant la main.

Voyons ?

LORIOT, le repoussant en riant.

Farceur ! (Lui serrant la main.) — Ça va bien?... histoire de rire, pour dire un mot risible ! — (Il passe à gauche.) Enfin, j'ai la lettre... et... voilà ce que j'avais à vous dire.

BABOLEIN, se remettant.

Voilà tout ?

LORIOT.

Voilà tout. (Il s'assied près de la table et bourre sa pipe.)

BABOLEIN.

Eh bien ! bonsoir ! (Il va prendre sa canne et son chapeau.)

LORIOT.

Bonne nuit !... (Fredonnant en allumant sa pipe.)

Bons paysans, voilà ce qu'on trouve en tout lieu,
Voilà les rentes du bon Dieu !

BABOLEIN, rentrant.

Pardon... je crois que j'ai oublié...

LORIOT.

Quoi donc ?...

BABOLEIN.

J'ai oublié... non... je n'ai rien oublié... (Avec effort.) Allons... bonsoir !... (Il remonte la scène lentement.)

LORIOT.

Bonne nuit !... ne faites pas de mauvais rêves !... (Reprenant son refrain.)

Bons paysans, voilà ce qu'on trouve en tout lieu,
Voilà les rentes du bon Dieu !

BABOLEIN, redescendant à droite. — A Loriot en essayant de sourire.

Hé ! hé !... convenez que vous vouliez me faire peur. (Il pose sa canne et son chapeau sur la table.)

LORIOT.

Moi?... faire peur au diablo?... allons donc, pas si paysan !

BABOLEIN.

Foi de Babolein, je n'ai rien écrit !

LORIOT.

C'est encore possible ; mais nous avons à Bourges de petits endroits où tout s'éclaircit... des endroits charmants... avec des juges dedans... et des gendarmes tout autour.

BABOLEIN.

Un procès?

LORIOT.

Non... un bon petit scandale, voilà tout... que voulez-vous ?... on fouillera dans le trou de la conscience à papa Babolein... et on y verra de si vilaines choses... de si vilaines choses... (Se levant.) Allons, bonsoir. (Il gagne la droite.)

BABOLEIN, allant à lui, après un moment d'hésitation.

Est-ce qu'elle coûterait bien cher cette lettre?

LORIOT.

Tout ce que vous avez !

BABOLEIN.

Allons donc!... mais à ce compte, j'aimerais mieux dix bons procès!... D'abord, un procès est un procès; et on ne sait jamais le dernier mot des juges... (L'observant.) Puis, vous avez dû lui promettre, à cet imbécile, de ne pas trop le compromettre... et comme c'est une chose sacrée que la parole du vieux Loriot, je ne serais pas fâché de voir comment vous vous en tirerez cette fois!... (Mouvement de Loriot. A part.) J'ai touché juste. (Haut.) Allons, sérieusement, dites donc ce que vous voulez?

LORIOT.

Ce que je veux?... Eh bien!... (Il remonte la scène pour voir s'il n'y a personne aux portes.)

BABOLEIN, à Loriot qui redescend à droite *.

Eh bien?...

LORIOT.

Eh bien ! je veux la moitié de tout !... (Mouvement de Babolein.) Ah ! ne chicanez point!... la moitié des terres et des propriétés... foi de Loriot, j'ai dit !...

BABOLEIN, à part.

Il ne sait rien, gagnons du temps. (Haut, avec empressement.) Mais ces terres et ces propriétés, il faut les vendre...

* Loriot, Babolein.

LORIOT.

Vendez-les !

BABOLEIN.

Cela demande du temps... au moins trois mois?...

LORIOT, à part.

Il est bien concluant. Est-ce qu'il aurait déjà?... Nous allons bien voir!... (Haut.) Trois mois?... mais papa Babolein oublie donc qu'il a profité de mon absence, qui l'inquiétait, pour tout vendre en secret, par lots, séparément, à des étrangers?...

BABOLEIN, à part.

Ciel !

LORIOT.

Et que les contrats sont signés depuis tantôt longtemps?...

BABOLEIN, à part.

Le misérable !

LORIOT.

Et qu'il n'a plus qu'à se mettre dans ses bottes pour disparaître quand bon lui semblera... Il a donc oublié cela, ce bon papa Babolein?

BABOLEIN, balbutiant.

Comment... vous pouvez croire...

LORIOT.

Je sais tout!... (A part.) J'ai touché juste. (Haut.) Maintenant, fiinssons : combien en avez-vous retiré?... Ah! prenez garde, je sais aussi le montant.

BABOLEIN.

Sur l'honneur quatre cent mille francs !

LORIOT.

Allons, cette fois, vous avez dit vrai !

BABOLEIN, à part.

Il ne savait rien!... Ah! tu vieillis, Babolein, tu vieillis!

LORIOT.

Donc, ici, dans une heure, deux cent mille francs !

BABOLEIN.

La lettre?

LORIOT, la tirant de son portefeuille.

La voilà !... n'y touchez pas!... lisez de loin !

BABOLEIN, à part.

Le gredin, il a tout prévu... (Après avoir lu la lettre; à part.) La seule preuve que je redoutais !...

LORIOT.

Vous avez lu? (Serrant la lettre dans son portefeuille.) Je la remettrai en échange de la somme.

BABOLEIN.

Dans une heure. (Il remonte la scène.)

LORIOT.

Excusez si je ne vous reconduis pas. (Il va remettre sa pipe sur le bahut à gauche.)

BABOLEIN, à part, serrant le poing.

Ah! si j'étais plus fort que lui!... le brigand!

LORIOT, se retournant.

Vous dites?

BABOLEIN.

Rien. (A part.) Canaille! (Il sort.)

## SCÈNE VI.

### LORIOT, puis GILBERT.

LORIOT, tout en mettant les verres dans le buffet.

Ah! si on savait le bonheur qu'on éprouve à faire le bien, on ne ferait jamais le mal!... Ne perdons pas de temps! (Il replace la table à droite. Appelant.) Gilbert!... Gilbert!... (Se parlant.) Oui, je peux me fier à lui... un garçon tenace... pas bête... courageux et vif... mon fils, quoi!... (Appelant.) Hé! Gilbert!...

GILBERT, paraissant au haut de l'échelle.

Vous m'appelez, père?

LORIOT.

Eh! descends donc... crains-tu pas de te casser les jambes?

GILBERT, sautant par terre.

Ah! par exemple!

LORIOT.

Allons, vite, ta houppelande et ta limousine!... Mets tes guêtres, les chemins sont boueux!

GILBERT.

Mes guêtres? Et pourquoi faire?

LORIOT.

Tu pars!

GILBERT.

Moi?... (Riant.) Mais, vous avez donc la rage des voyages?

LORIOT.

A Grenoble... rien que ça!...

GILBERT.

Est-ce qu'il y a une vente de grains par là?

LORIOT.

Oui, un beau grain de jeune fille, sortie de terre depuis tantôt dix-sept ans, et qui doit s'épanouir là-bas, sous la bénédiction du bon Dieu !

GILBERT.

Comme Charmette !...

LORIOT.

On la traite comme une paysanne...

GILBERT.

Oui, avec des sabots et de la paille dedans !

LORIOT.

Quand elle devrait être dans des voitures suspendues !... Enfin c'est la fille et l'héritière du marquis de Château-Neuf, notre ancien maître !

GILBERT.

La fille du marquis ?

LORIOT.

Va dire à cette jeunesse : Main'zelle, j'ai comme ça un brave homme de père qui a été le meunier du vôtre, et qui a à vous remettre une fortune nette et ronde de deux cent mille francs !

GILBERT.

Deux cent mille francs ?

LORIOT.

Oui, deux cent mille francs, que cette vieille canaille de Babolein va dégorger !

GILBERT.

Babolein !... (L'embrassant.) Ah ! mon père, que je suis content !

LORIOT.

Allons, en route... J'ai assez marché comme ça, moi, à ton tour !

GILBERT, appelant.

Médard !... (Prenant la main de Loriot.) On a bien raison de dire : Probe et loyal comme Loriot ! (Appelant.) Médard...

MÉDARD, paraissant à gauche*.

Quoi, notre maître ?

GILBERT.

Apporte-moi mes guêtres ! (Médard sort. Appelant.) Marcelle !...

## SCENE VII.

### LES MÊMES, MARCELLE, puis MÉDARD.

MARCELLE, entrant par la gauche.

Je plumais les canards pour la fête de ce soir.

* Médard, Gilbert, Loriot.

GILBERT.

Je te donne ma part!.... Ma houppelande?

(Il la fait passer au fond.)

MARCELLE[*].

Hein?

GILBERT.

Vite, ma bonne Marcelle, je pars à Grenoble!

MARCELLE.

Grenoble? et où couche-t-il, ce village-là?.... moi qui connais tous les environs...

(Elle sort à droite.)

MÉDARD, rentrant.

Voilà les guêtres!

GILBERT, lui tendant la jambe.

Attache-les!

LORIOT, à Gilbert pendant que Médard boutonne les guêtres.

Je compte sur toi comme sur moi-même... — Arrivé à Grenoble...

GILBERT, à Médard.

Dépêche-toi!

LORIOT, à Gilbert.

Tu iras trouver le maire...

GILBERT.

Oui! (A Médard.) Hé! tu me pinces!

LORIOT, à Gilbert.

Il te donnera toutes les informations nécessaires...

MÉDARD.

Quoi qu'il y a?

GILBERT.

Ça ne te regarde pas! (A Loriot.) Je vois ça d'ici.

MARCELLE, apportant la houppelande[**].

Voilà votre houppelande notre maître!

(Elle la lui passe.

MÉDARD.

L'autre pied!

(Il tire la jambe de Gilbert pendant que celui-ci a les deux bras engagés dans la houppelande.)

GILBERT, à Médard.

Hé! tu vas me flanquer par terre!

LORIOT, à Gilbert.

Enfin tu demanderas la mère Gérard...

* Gilbert, Marcelle, Loriot.
** Médard, Gilbert, Marcelle, Loriot.

GILBERT.

La mère Gérard?... bon !... (A Marcelle.) Mets-moi du saucisson et des confitures dans les poches !

LORIOT.

Tu entends bien ?... la mère Gérard, la nourrice de la petite ?

GILBERT·, à Loriot, tout en bourrant dans ses poches le saucisson et les confitures que Marcelle lui présente.

Vous serez content de moi !

MÉDARD.

Quoi qu'il y a donc?....

GILBERT.

Ça ne te regarde pas.

LORIOT.

Enfin, toutes les indications voulues sont couchées dans ce pe-·tit livret.

(Il lui donne un petit cahier.)

MÉDARD, se relevant.

Voilà qui est fait... Ouf !

GILBERT.

Je suis prêt !

LORIOT.*

Embrasse-moi une dernière fois !

(Ils s'embrassent.)

MÉDARD.

Ce voyage me crève le cœur !... Marcelle, attends que je t'embrasse !

MARCELLE, pleurant.

Hi ! hi !

(Ils s'embrassent.)

CHARMETTE, entrant par la droite.

Qu'y a-t-il donc?

SCÈNE VIII.

LES MÊMES, CHARMETTE.

CHARMETTE, allant à Gilbert.

Mon Dieu, où vas-tu donc, Gilbert?

GILBERT.

Je vais à Grenoble !

MARCELLE.

Oui, mam'zelle, à Grenoble !

MÉDARD.

Chez les nègres, quoi !

_____

* Marcelle, Médard, Gilbert, Loriot.

CHARMETTE, à Gilbert.

Tu pars?

GILBERT.

L'affaire de quinze jours au plus !

CHARMETTE.

Quinze jours !

GILBERT.

Qu'as-tu, petite sœur?

CHARMETTE, se contenant.

Moi?... rien... adieu, frère...

GILBERT.

Ah! sois tranquille... ton souvenir me trottera dans les jambes pour me faire revenir plus vite.

LORIOT, apportant sa limousine à Gilbert.

Prends ma limousine. Allons, assez de simagrées comme ça... en route!...

GILBERT.

Adieu, Charmette... adieu, père.. adieu, Marcelle... adieu, Médard !...

(Il les embrasse à tour de rôle.)

LORIOT, lui donnant un bâton.

Et ton bâton?....

GILBERT.

Ah! (Il embrasse encore son père, serre la main de Charmette et sort vivement par le fond.) Adieu...

MÉDARD, sanglotant*.

Je ne sais pas pourquoi il s'en va!... mais c'est égal.. ce voyage-là me crève le cœur !...

MARCELLE, entraînant Médard.

Allons, viens... nous allons l'accompagner jusqu'à la grande rivière!...

TOUS DEUX, criant.

Eh! monsieur Gilbert !... monsieur Gilbert !...

(Ils sortent par le fond.)

## SCENE IX.

### LORIOT, CHARMETTE.

LORIOT, à Charmette qui monte l'échelle.

Eh bien, et toi?... Tu ne l'accompagnes pas?

CHARMETTE.

Moi?... non, père. (A part en essuyant une larme.) Tout en haut du moulin, je le verrai plus longtemps !

(Elle sort par l'échelle.)

* Médard, Marcelle, Loriot, Charmette.

## SCENE X.

### LORIOT, seul.

Merci, mon Dieu.... vous vous êtes servi du vieux Loriot, pour arracher à la misère la fille de son ancien maître... merci, merci! (On frappe à la petite fenêtre de droite.) C'est Babolein, sans doute... (Regardant à sa montre.) Il est bien exact. — Je n'ai pas demandé assez. (On frappe de nouveau; — allant à la fenêtre.) Est-ce vous, monsieur Babolein?

### BABOLEIN, en dehors.

Oui...

### LORIOT, ouvrant la porte du fond.

Vous pouvez entrer, je suis seul.
(Babolein entre enveloppé dans un manteau et portant une cassette sous son bras, qu'il dépose sur la table à gauche.)

## SCÈNE XI.

### LORIOT, BABOLEIN.

#### LORIOT, examinant Babolein.

Voilà une belle paire de bottes et un manteau de voyage qui vous mèneront loin, je parie?

#### BABOLEIN, la main sur la boîte.

Oui, je pars. — La lettre?

#### LORIOT.

L'argent?

#### BABOLEIN, à part, les mains crispées sur la boîte.

Me séparer de cette fortune!

#### LORIOT, à part en le regardant.

Hé! (Haut.) Savez-vous à quoi je vous compare, mon bon monsieur Babolein... à la poule aux œufs d'or, da?... (Mouvement de Babolein.) Oh! allez, quand vous aurez pondu, vous me le direz!

#### BABOLEIN, lui tendant un portefeuille.

Cent cinquante mille francs en billets... (A part.) Le bourreau!... (Haut, en lui montrant la boîte.) Cinquante mille francs en or!.. (A part.) L'assassin!

#### LORIOT, après avoir compté les billets, lui frappant sur le ventre.

Ah! vous êtes un fier honnête homme, vous!... Voici la lettre. (Il passe du côté de la boîte.)

#### BABOLEIN, à part, en froissant la lettre.

Je me vengerai, va!

#### LORIOT.

Quoi que vous marmotez donc là?

BABOLEIN, à part, avec énergie.

Je me vengerai!

LORIOT.

Encore?... On a donc des secrets pour son ami Loriot? (Il s'assied à côté du coffret.)

BABOLEIN, se surmontant.

Des secrets?... et où diable les prenez-vous?... Non, je trouvais ma ceinture trop large, voilà tout!... (Il serre sa culotte.)

LORIOT, plongeant la main dans la boîte.

Dame, il faut se serrer bigrement le ventre, quand on a comme vous, tout ça de moins dans les poches!...

(Il remue l'or à pleines mains, mais sans regarder.)

BABOLEIN, à part.

Tu l'aimeras cet or... tu l'aimeras!... (Haut à Loriot qui remue l'or.) Hein? une musique à ressusciter un mort?

LORIOT.

Oui, Satan, ou le mauvais larron!

BABOLEIN.

Là, vrai, père Loriot, vous allez faire cadeau à la fille du marquis de Château-Neuf de toute cette fortune... une fille que vous n'avez ni vue ni connue?

LORIOT.

Da, à moins de l'envoyer au curé, pour vous faire dire des messes quand vous serez mort.

BABOLEIN.

Vous êtes donc bien sûr de vous, Loriot?

LORIOT.

De moi? toujours le mot pour rire. (Le poussant.) Histoire de rire, pour dire un mot risible!

BABOLEIN, montrant une poignée d'or.

Je parie, père Loriot, que vous n'avez jamais eu à vous, bien à vous, tout à vous, une bonne poignée d'or... tenez, comme celle-ci?... luisante et grouillante entre vos doigts?...

LORIOT, se levant et gagnant la droite.

Ça, c'est vrai... le père Loriot a blanchi dans le travail, au moulin, dans les champs, dans les bois, comme un oiseau, chantant au soleil, et dormant dans les blés, quand il en poussait, et sous le chaume, quand il en avait... Ce régime est le bon, quand on a la conscience tranquille!

BABOLEIN, s'animant.

Grâce à Dieu, vous voilà riche maintenant! — très-riche... car cet or, c'est votre bien... il est à vous... vous l'avez gagné... je vous le donne !

LORIOT, souriant.

Ah! vous me le donnez?...

BABOLEIN, se penchant à son oreille en lui montrant l'or.

C'est une belle chose que l'or, n'est-ce pas? —Tout est là : bonheur, liberté, repos!... la possibilité et la réalité de toutes les joies, les voilà!... — Avec de l'or, ton moulin s'agrandit, tu domines dans le canton !.. — Avec de l'or, on est ici... là-bas!... partout!... on est à Bourges et à Paris... à Paris surtout! Paris la grande ville, comme disait le bon roi! — Tiens, regarde, comme il t'appelle... regarde, comme il te parle, comme il te sourit... (Il le fait passer près de la cassette.) On est l'égal de tous avec cela, vois-tu : paysan, on reçoit monsieur le maire; bourgeois, on reçoit monsieur le préfet; banquier, on reçoit le roi!... on respire, on est son maître, on est riche,.enfin!

LORIOT à part.

C'est vrai....

(Il tombe assis près de la table.)

BABOLEIN.

On marie son fils ou sa fille à qui l'on veut et comme on veut. — Et qu'on soit éclaboussé par une voiture à deux chevaux, on prend sa revanche le lendemain en piétinant gaiement sur le prochain !... d'ailleurs tout homme a failli... le tout est de faillir en secret. (Mouvement de Loriot.) Où sont-ils, les fils ou les filles d'Ève qui oseraient te jeter la pierre ?...

LORIOT, se retournant.

Je l'oserais, moi !... Ah! pas un mot de plus!... à force de vouloir prouver, on ne prouve rien, monsieur Babolein... et quand on a comme moi, soixante-cinq ans d'honneur et de probité dans la besace, on peut vous prier poliment de tourner les talons et d'aller vous faire pendre ailleurs ! Allons, sortez !

BABOLEIN.

Insensé! mais personne ne sait que tu as cet or chez toi !

LORIOT, très-troublé.

Va-t'en !

BABOLEIN.

Personne ne le sait, Loriot, et je te le donne !

LORIOT.

Va-t'en, va-t'en !

BABOLEIN.

A toi, entends-tu bien ?

LORIOT, tombant assis sur la première marche de l'échelle.

Va-t'en, te dis-je, va-t'en !...

BABOLEIN, se penchant à son oreille.

A toi seul, à toi ! (A part, avec un sourire diabolique.) Au revoir, honnête homme du bon Dieu, au revoir !

(Il sort.)

## SCÈNE XII.

LORIOT seul, prenant sa tête dans ses mains.

Ah !... (Se levant.) Mais il est fou, cet homme !... Il me méprise donc bien !... Ah ! ces misérables, ils ont tant l'habitude d'eux-mêmes, qu'ils confondent tout le monde avec eux !... Pauvre chère fille !... comme elle sera heureuse, quand on lui remettra cette fortune... deux cent mille francs !... y sont-ils au moins ?... (Reculant.) Non... je compterai plus tard !... pourquoi plus tard ?... est-ce que j'en suis venu à douter de moi aussi ?... allons donc !... (Il va au coffret et plonge sa main dedans, avec ivresse.) Oh ! ce bruit... c'est beau à voir !... quelle richesse !... l'or est donc bien puissant, puisque toutes les jouissances de la terre tiennent là dedans ?... (S'éloignant.) Oh !... (Il porte les mains à son front.) Maudit Babolein !... mais je peux être riche aussi, moi !... une heure !... oui... une heure !... car il est bien certain qu'au moment venu, je rendrai cet argent, et que je redeviendrai gueux et pauvre comme devant !... Ah ! c'est une fière chose qu'une conscience tranquille !... Je suis seul... allons !... (Regardant autour de lui.) Mon Dieu !... et ces portes !... si on venait !... (Il met les verroux aux portes et tire le rideau de la fenêtre, puis il vient prendre la cassette et la serre dans ses bras.) Ah !... c'est à moi !... tout cela est à moi !... Babolein l'a dit : à toi !... à toi seul !... (Il renverse la boîte par terre en formant un amas d'or à ses pieds.) Ah ! (Allant prendre son violon.) Mon violon !... mon vieux et cher violon !... sans toi toute cette fortune serait encore dans les griffes du diable !... chante mon bonheur, chante, chante ! (Il joue son vieux refrain et danse tout autour de l'or. — Son chant est entrecoupé d'éclats de rire et de trépignements. — En ce moment on frappe à la porte. — Avec terreur.) Hein ! (Il se jette sur le tas d'or qu'il couvre de son corps et entoure de ses bras. Haut, d'une voix altérée.) Qui va là ?... qui va là ?...

MARCELLE, au dehors.

C'est moi, notre maître !

LORIOT.

Qui, toi ?

**MARCELLE.**

Moi, Marcelle !... c'est pour vous dire que notre jeune maître a passé la grande rivière, et qu'il s'en va tout droit à Grenoble !...

**LORIOT, terrifié, se levant.**

Grenoble !... oh !... et dire qu'il faudra rendre tout cela !

(Il laisse retomber sa tête dans ses mains.)

---

# ACTE II.

Chambre rustique au moulin de Loriot. — Au fond, l'entrée d'un grenier ; on y monte par une échelle.—A gauche une porte au deuxième plan. — A droite une grande cheminée rustique. — A droite et à gauche deux portes.—Un buffet sur le premier plan à droite ; fenêtre à gauche.—Au lever du rideau, Charmette assise près de la fenêtre et cousant. — Marcelle, assise près de la cheminée, soigne le dîner.— Un des garçons, à gauche, est en train de raccommoder des sacs vides ; l'autre garçon est occupé à ranger un sac de farine.

---

## SCÈNE I.

CHARMETTE, assise et cousant, MARCELLE, faisant la cuisine, DEUX GARÇONS MEUNIERS.

**LORIOT, au dehors.**

Vantards! ivrognes! paresseux!

**MARCELLE.**

Il est furieux, le père Loriot... Médard l'a échappé belle, savez-vous... c'est égal, le père Loriot est bien grincheux depuis quinze jours.

**LES GARÇONS MEUNIERS.**

Oh! ça, c'est vrai!

**CHARMETTE.**

Il aime beaucoup Gilbert... il est sans doute en mauvaise humeur de son absence.

**MARCELLE.**

Vous appelez ça de la mauvaise humeur, mam'zelle?... On voit bien que vous n'êtes que de temps en temps sous sa coupe. Mais ce n'est plus un homme, c'est un loup... on ne voit que lui dans lé moulin... il a un œil ici... un autre par là... et les bras et les jambes toujours levés pour taper !... Jarnidié, Médard l'a échappé belle, je vous le dis.

MÉDARD, soulevant une trappe au milieu de la scène et sortant sa tête.

Psst!... est-il parti?

MARCELLE.

- Oui!...

## SCENE II.

### LES MÊMES, MÉDARD.

MÉDARD, entrant tout à fait.

Eh bien... qu'est-ce que je vous disais?... est-il bien mordu, voyons?... il m'aurait cassé les reins tout de même.... et pourquoi?... parce que je lui ai dit que ses yeux flamboyaient comme des pièces d'or... où est le mal?... (Se retournant vers Charmette qui coud toujours.) Voyons, mam'zelle Charmette, où est le mal... je vous le demande à vous-même, où est le mal?

CHARMETTE, cousant.

Il est vif, mais bon...

MÉDARD.

Bon?... ah! je commence à en revenir, moi! (A Marcelle.) Enfin, Marcelle, quand tu lui as annoncé que monsieur Gilbert avait passé la grande rivière, il était bien enfermé, n'est-ce pas?...

MARCELLE.

Au verrou!

MÉDARD.

Et il ne t'a parlé qu'à travers le trou de la serrure?

MARCELLE.

Comme à un voleur!...

MÉDARD.

Et tu l'as vu accroupi par terre, son violon à la main?

MARCELLE.

Comme un crapaud!

MÉDARD.

Je vous demande un peu si c'est là une posture pour un chrétien! Il n'y a pas de farine sans blé, voyez-vous; et les bruits qui courent dans le pays ne sont pas des menteries.

MARCELLE.

Quels bruits?...

MÉDARD.

On dit comme ça... attendez... (Il va regarder à la porte du fond et revient aussitôt.) Il est bien parti!...

MARCELLE.

Qu'est-ce qu'on dit?

MÉDARD, regardant autour de lui, et à voix basse.

On dit que le père Loriot a rapporté de son voyage...

TOUS.

Quoi?...

MÉDARD.

Des trésors!... comme quoi, le Grand Turc ne serait qu'un sans le sou à côté de lui!...

MARCELLE.

Voyez-vous ça !

MÉDARD.

On dit encore que la nuit... oui, la nuit, quand minuit sonne... c'est effrayant, n'est-ce pas?... on voit sa chambre s'allumer et flamboyer tout à coup!... alors...

MARCELLE.

Alors?...

MÉDARD.

Alors... il passe des ombres noires... noires... avec des cornes devant sa fenêtre... et on entend des bruits de chaînes... qui vont... qui vont... comme qui dirait de la cave au grenier!... alors... les chauves-souris tournent tout autour du moulin... qui bat des ailes... comme s'il allait moudre tous les blés du Cher... et on entend des éclats de rire à faire frissonner des gardes champêtres !...

MARCELLE.

Seigneur, c'est-y Dieu possible !

MÉDARD.

Puis, au-dessus de tout ça... le bruit de son violon... qui joue... et joue... et joue tout seul des airs qui font pousser les cheveux sur la tête!

TOUS.

Pousser?...

MÉDARD.

Non, dresser !...

MARCELLE.

Tu as vu ça, toi?...

MÉDARD.

Moi?... Oh! pas si bête !... je me fourre sous la couverture pour ne rien entendre.

MARCELLE.

Et moi qui dormais sans m'en douter?

(Elle va à la cheminée.)

MÉDARD , allant à Charmette.*

Vous comprenez, mam'zelle Charmette; je me fourre sous la couverture...

CHARMETTE.

La besogne ne marche pas... Vous jaserez plus tard, mes amsi.

MÉDARD frissonnant.

Je ne sais pourquoi je me raconte de ces choses-là !... Embrasse-moi pour me remettre, Marcelle, j'ai la chair de poule!...

LORIOT, en dehors.

Oui... merci... c'est bon!... J'aurai soin de moi, soyez tranquilles.

UN GARÇON MEUNIER.

Le père Loriot !...

(Il se sauve avec l'autre par le fond à gauche, emportant un sac de farine.)

MÉDARD, perdant la tête.

Donne-moi quelque chose à faire, Marcelle...

MARCELLE.

Imbécile, compte les sacs vides !...

(Médard va aux sacs vides qu'il compte.)

## SCÈNE III.

### CHARMETTE, MÉDARD, LORIOT, MARCELLE.

LORIOT, entrant par le fond, à droite, sans voir les autres.

Qu'est-ce qu'elles ont donc, toutes ces commères, à tant s'occuper de ma santé?... Voilà quinze jours, elles m'auraient laissé crever, faute d'un verre d'eau... et aujourd'hui... Elles ont peut-être flairé mon trésor?... non !... mon cher trésor!... Ah! que de soucis !... je ne dors plus !.. Oh ! ma pauvre tête! (Charmette remue sa chaise. Se retournant avec effroi.) Qui vient là?..

CHARMETTE.

C'est moi, père.

(Marcelle laisse tomber son écumoire.)

LORIOT, se retournant de son côté.

Non, de ce côté?...

MARCELLE.

C'est moi, notre maître.

LORIOT.

Eh! sans doute, c'est vous... Eh bien ! après?...

MÉDARD, riant.

Ah! ah !...

* Charmette, Médard, Marcelle.

LORIOT, se retournant vers lui.

Hein ?...

MÉDARD, à part.

J'suis pincé !

LORIOT, à part, en regardant Médard.

Toujours sur mes talons !...

MÉDARD.

Comme il me regarde !... Heureusement que le grenier n'est pas loin. (Il gagne l'échelle tout doucement.)

LORIOT.

Que fais-tu là ?

MÉDARD, contre l'échelle.

Moi, not' maître ?... Vous voyez... je compte les sacs vides... Sept... huit... neuf.

LORIOT.

Pourquoi n'es-tu pas à engranger ?

MÉDARD, allant au sac.

Pourquoi je ne suis pas à engranger ?... Vous voyez, bourgeois... parce que... parce que... je compte les sacs vides... Dix... onze.

LORIOT.

Parce que tu es un paresseux !

MÉDARD, à part.

Quel crin !

LORIOT.

Une pie-borgne !

MÉDARD.

Borgne ?

LORIOT.

Oui, pour le travail... mais non pas pour voir et espionner ce qui ne te regarde point.

MÉDARD.

Espionner ?

LORIOT, l'amenant sur le devant de la scène par l'oreille.

Je t'avertis... Si je te retrouve encore dans mes jambes... je te casse une patte !

MÉDARD.

Patte ?... Espionner ?... Pie-borgne ?... (Pleurant.) Mais, bourgeois, qu'est-ce que vous avez donc contre moi depuis quinze jours ?... vous vous asticotez de tout ce que je dis... vous aboyez à tout ce que je fais... Tenez, je ne peux pas vivre comme ça, moi !... Ah ! vous êtes bien changé, allez !

LORIOT, menaçant.

Changé ?... Et en quoi suis-je changé ?

MÉDARD.

Non, non, vous n'êtes pas changé !... mais vous avez l'air de marcher sur des voleurs !... Vous avez donc quelque chose à voler ?

LORIOT, qui a fait un mouvement; se calmant.

Moi?... (Riant.) Trigaud, va !

(Il le pousse devant lui en lui donnant une petite tape.)

MÉDARD, à part.

Ça l'a calmé tout de même. (Haut.) C'est égal, j'aurais voulu revoir monsieur Gilbert... avec ça que je suis forcé d'attendre son retour pour me marier. (Loriot repasse à droite.**) Ah ! sauf vot' respect, j'ai fait tambouriner dans tout le pays qu'il y avait comme ça un garçon du sexe masculin, beau, bien fait, aimable, spirituel et pas riche... qui recevrait, après son travail, toutes les demandes en mariage qu'on voudrait bien lui adresser... Et... je n'ai rien vu venir !

LORIOT, qui s'est assis.

Ça t'étonne, nigaud ?

MÉDARD.

Non, not' maître... oh! non ! depuis qu'elles ont toutes la rage d'épouser votre fils...

CHARMETTE, à part.

Dirait-il vrai?...

MÉDARD.

C'en est devenu une épidémie, voyez-vous... la petite Céline... la Michotte... celles-ci et celles-là... les plus huppées et les plus jolies du village, quoi !... c'est ce qui vous explique la disette pour moi.

CHARMETTE, à part.

Oh ! je ne pourrai jamais voir le bonheur d'une autre !

MÉDARD.

Mais quand il sera revenu et qu'il aura fait son choix, vous verrez !...

LORIOT, se levant.

Elles ne voudront pas plus de toi après qu'avant, vilain oiseau !

MÉDARD, à part.

Vilain oiseau ?...

LORIOT.

Allons, en voilà assez, diseur de bonne aventure !...

(Il remonte la scène.)

* Charmette, Loriot, Marcelle, Médard.
** Charmette, Médard, Marcelle, Loriot.

MÉDARD, a part.

Ah! v'là que je dis la bonne aventure, à présent!...

LORIOT, à Marcelle, en lui montrant la marmite et les casseroles.

Qu'est-ce que tout ça, Marcelle?

MARCELLE.

Tout ça?... mais c'est une soupe aux choux... du lard aux lentilles et un bon gros lapin...

LORIOT.

Du lard!... des lapins!... mais qui donc t'a commandé?...

MARCELLE.

C'est moi donc!... faut-il pas mourir de faim?... et, si vous êtes arrivé à soixante-cinq ans gros et gras, comme vous l'êtes, c'est que vous avez toujours bien mangé, da.

LORIOT, à Charmette qui s'est remise à coudre.

Comprends-tu ça, Charmette?

CHARMETTE, cousant.

On n'a fait que l'ordinaire, père.

LORIOT.

L'ordinaire?... (A part.) Des lapins!... Si ce n'est pas à donner l'éveil à tous les voleurs du département! (Haut.) Et qu'est-ce que tu fais là, toi?

CHARMETTE.

Je travaille à votre veste neuve : elle sera bientôt finie.

LORIOT.

Une veste neuve?... à moi?

CHARMETTE.

Oui, père!... celle que j'ai coutume de vous faire tous les ans.

LORIOT, éclatant.

Tous les ans! une veste neuve!... Mais vous voulez donc qu'on dise dans le pays que je roule sur l'or et que j'entasse des millions!

MÉDARD, à part.

Qu'est-ce qui lui prend encore?

LORIOT, perdant la tête.

Vous voulez me livrer aux assassins, vous voulez ma mort?

MÉDARD, à part, haussant les épaules.

Vieux dur à cuire!

MARCELLE, se levant.

Votre mort... quand on vous nourrit comme un percepteur?

LORIOT.

Je ne veux plus boire ni manger, entendez-vous!... (Jetant sa veste à terre.) Et je ne veux pas de veste neuve !... Ah! je finirai par décamper, allez!

CHARMETTE, se levant.

Vous quitteriez le pays ?

(Médard descend à droite.)

LORIOT.

Mon pays?... il est comme tous les pays, bête, envieux et méchant !... — Je m'explique maintenant les invitations à dîner que je reçois, et les cajoleries, et les coups de chapeau!... Ah ! le père Loriot se défendra !

(Charmette relève la veste et la range.)

MÉDARD, à part*.

Il faudra le museler, vous verrez !

LORIOT, continuant.

Toi, Marcelle, si tu fais autre chose que des épinards et des pois secs, je te flanque à la porte !

MARCELLE.

Moi?

LORIOT.

Toi, Charmette, si tu t'avises jamais de faire autre chose que de raccommoder mes vieux habits avec des pièces bien voyantes... Enfin, je m'entends !

MÉDARD, s'approchant de lui **.

Des pièces bien voyantes... voilà une idée, par exemple !

LORIOT, se retournant.

Une idée?... Je te chasse !

(Charmette le retient.)

MÉDARD.

Vous me chassez?... eh bien !... je ne m'en irai pas!... C'est une injustice criante enfin !... et si vous voulez donner raison aux cancans du pays, libre à vous!... mais moi...

LORIOT, vivement.

Des cancans?... quels cancans?

MÉDARD, s'exaspérant.

Une fois pour toutes, je m'en vais vous dire votre fait, moi!

LORIOT.

Voyons, qu'est-ce?

MÉDARD.

Oui... c'est que... je... (Bas à Marcelle, qui l'excite à parler.) Laisse-moi donc !...

LORIOT.

Eh bien ?

* Charmette, Loriot, Marcelle, Médard.
** Charmette, Loriot, Médard, Marcelle.

MÉDARD.

Oh!... d'abord, vous le savez mieux que moi!

LORIOT.

Non, puisque je te le demande... voyons, dis-moi la chose un peu.

MÉDARD.

Ah! bien, oui!... vous me ficheriez des coups!

LORIOT, le prenant par le collet.

Je suis donc méchant?

MÉDARD.

Oh! non, bourgeois... vous êtes rageur, voilà tout!

LORIOT, le secouant.

Je ne te ferai rien... parle donc!...

(Il le fait passer à droite.)

MÉDARD *.

Mettez un peu vos mains dans vos poches.

LORIOT.

Les y voilà... (A part.) Ah! si j'avais un bâton sous la main!...

MÉDARD, bas à Marcelle qui est remontée **.

Fais-moi de la place, Marcelle.

(Marcelle descend à droite.)

LORIOT.

Eh bien?...

MÉDARD***.

Eh bien!... on dit... que vous avez un trésor caché, voilà!

LORIOT essaye de s'élancer sur Médard, mais il chancelle et tombe sur une chaise.

Ah!

CHARMETTE et MARCELLE, courant à lui.

Mon Dieu!

MÉDARD, à part.

Si j'avais su que ça lui aurait produit cet effet, voilà ongtemps que je le lui aurais lâché!

MARCELLE, soignant Loriot pendant que Charmette lui fait respirer du vinaigre qu'elle a pris dans le buffet.

Voyons, Médard... vite... défais-lui sa cravate!... il étouffe!...

MÉDARD.

Merci, il n'aurait qu'à me mordre!

(Il monte au grenier par l'échelle.)

* Charmette, Médard, Loriot, Marcelle.
** Charmette, Médard, Marcelle, Loriot.
*** Charmette, Médard, Loriot, Marcelle.

## SCENE IV.

### LORIOT, CHARMETTE, MARCELLE.

CHARMETTE, à Loriot qui reprend ses sens.

Mon père !...

MARCELLE.

Notre maître !...

CHARMETTE, lui prenant les mains.

Vous êtes mieux, n'est-ce pas ?

LORIOT, se levant.

Oui, beaucoup mieux. (A part.) Le brigand ! (Haut.) Merci, mes enfants !

MARCELLE, respirant.

Vous nous avez fait une fière peur, allez !

LORIOT.

On pourrait croire pourtant que j'ai été ému de ce que cette langue de vipère a dit. — Ah bien ! oui... il en faudrait bien d'autres... je suis souffrant, voilà tout.

CHARMETTE.

Je le disais bien ! où souffrez-vous, père ?

LORIOT, portant la main à sa tête machinalement.

Là !.. (A part, se levant.) Oui; là !... (Haut, en s'efforçant de sourire.) Est-on stupide dans nos villages, hein ?... un trésor caché... à moi !... un pauvre malheureux meunier qui a toujours tiré le diable par la queue ?... que dis-tu de cela, Marcelle ?...

MARCELLE.

Moi ?... ah ! dame, si vous en veniez à compter les haricots et à chicaner sur le dîner, j'y croirais, voyez-vous, car on n'a jamais fini d'entasser, quand on entasse ; et tenez, le vieil adjoint, il irait tout nu dans les rues, s'il pouvait, pour ne pas user ses culottes.

LORIOT, à part.

Coquine !... (Haut.) J'ai grand'faim, Marcelle... ajoute un canard, et double les lentilles.

MARCELLE.

Ça, c'est bien... voilà qui est parler... je vous retrouve enfin !

(Elle remonte la scène.)

LORIOT.

Où vas-tu ?

MARCELLE.

Tuer le canard, da !

(Elle sort par le fond à droite.)

LORIOT.

A la première occasion, je te flanquerai à la porte aussi, toi !

## SCENE V.

### LORIOT, CHARMETTE.

LORIOT, avançant une chaise à gauche.

Allons... occupons-nous un peu du moulin. — Nous avons en plus deux aides-moulins que la petite Michotte nous a recommandés, je crois ?...

CHARMETTE.

Oui, père.

LORIOT.

As-tu mis leur compte en écrit ?

CHARMETTE, lui donnant un livret qu'elle va prendre sur le buffet.

Les voilà !... (A part.) La Michotte !... (Haut.) Ah ! dame, Gilbert est d'âge à être établi... et la Michotte... et la Céline... sont les deux plus riches et les plus avenantes du pays... n'est-ce pas, père ?...

LORIOT, occupé à lire le livret. — Il s'est assis à gauche.

Oui ! — Ah ! nous devons une semaine à Médard aussi ?

CHARMETTE.

Oui, père. — La Michotte est riche d'ailleurs...

LORIOT, toujours occupé.

Riche ?... comme ci comme ça !...

CHARMETTE.

Elle a mille écus, père ?...

LORIOT, de même.

Peuh !...

CHARMETTE, à part.

Et moi qui n'ai rien !... (Haut.) Au fait vous ne pouvez regarder trop haut pour Gilbert. — Alors, ce sera Céline... elle est bien jolie !

LORIOT, de même.

Une assez jolie dot, oui... d'abord, la grande ferme qui lui vient de son oncle... puis, la mare du grand noyer... et puis... Ah ! oui, la dot est assez jolie !... Tu entendrais les affaires, toi, sais-tu ?...

(Il se lève et gagne la droite.)

CHARMETTE*.

Ce sera Céline, n'est-ce pas ?... j'aime tant Gilbert, que je voudrais voir son bonheur assuré !

LORIOT, se retournant.

Tu es une bonne fille, Charmette.

CHARMETTE.

Je serais bien ingrate, si je ne vous aimais pas !... — Mais

---

* Charmette, Loriot.

enfin, si une jeunesse... qui n'aurait que sa jeunesse... allait l'ai-
mer?...

LORIOT, avec force.

Oh! ne parlons pas de ça !...

CHARMETTE.

Ça s'est vu, père... et Gilbert lui-même...

LORIOT.

De la jeunesse et de la beauté, ça n'engendre que du souci et de
la misère. C'est bon le jour des noces pour se promener dans le
village... mais après?... Ah! voilà!... on se serre le ventre et l'on
entend chanter le rossignol et l'alouette, comme on dit, sans s'en
douter.

(Il remet le livret sur le buffet.)

CHARMETTE.

Cependant...

LORIOT, se montant.

La fille qui oserait... mais cette fille-là...

CHARMETTE.

Ah! ne vous fâchez pas !... (A part.) C'est fini !...

(Elle veut s'éloigner.)

LORIOT.

Qu'est-ce que tu fais donc?...

CHARMETTE.

Je vais dans ma chambre. (A part.) Adieu, Gilbert !... je n'aurais pas la force de partir, si je te revoyais !

(Elle sort par la droite.)

## SCÈNE VI.

LORIOT, puis MÉDARD.

LORIOT, seul.

Qu'est-ce qu'elle a donc?... est-ce que par hasard, j'aurais enfermé deux tourtereaux dans la même cage?... veillons au grain !...

MÉDARD, paraissant à la porte du grenier.

Père Loriot !... père Loriot !...

LORIOT *.

Qu'est-ce que tu veux encore, imbécile?...

MÉDARD, s'arrêtant à la porte du grenier.

Je n'entre pas !... ne criez point !... mais là-bas... sur la grande
route... voilà votre fils qui galope!...

LORIOT.

Gilbert !...

* Loriot, Médard.

MÉDARD.

Oui, lui-même!...

LORIOT,

Gilbert!... (A part.) Déjà!... ah! j'ai bien fait de lui avoir écrit que Babolein avait disparu avec l'argent... sans cela, son retour m'aurait tué!...

CRIS EN DEHORS.

Le voilà! le voilà!...

(Gilbert entre par le fond à droite, entouré des garçons et des filles du moulin.)

GILBERT, serrant la main à Loriot*.

Mon bon père!... (Allant aux paysans.) Merci, mes amis, merci!...

(Les paysans sortent par le fond à droite, Médard rentre dans le grenier.)

## SCENE VII.

### GILBERT, LORIOT.

GILBERT, se débarrassant de son bâton et de sa limousine.

Ah! voilà un voyage, par exemple!... (Il veut encore embrasser Loriot.) Mon père!

LORIOT, ne lui laissant pas le temps,

Tu as bien reçu ma lettre, n'est-ce pas?...

GILBERT.

C'est la première chose que j'ai trouvée en arrivant à Grenoble.

LORIOT.

Et... tu n'as parlé à personne des deux cent mille francs?...

GILBERT.

Pourquoi faire... puisque vous m'écriviez que ce vieux gueux de Babolein avait quitté le pays, deux heures après moi en emportant tout l'argent!...

LORIOT.

Mais viens donc... viens donc que je t'embrasse! — Et la fille du marquis, l'as-tu vue?...

GILBERT.

Ah!... c'est toute une histoire!... Tenez, la mère Gérard était assise dans un grand fauteuil : je cours à elle... je me jette à ses pieds : « Mère Gérard, lui dis-je, où est la fille du marquis de Château-Neuf... où est-elle?... » Elle ne me regarde même pas, et se redresse en me disant...

LORIOT, se levant.

En te disant?...

* Loriot, Gilbert, Médard.

GILBERT.

Elle est morte!...

LORIOT.

Morte?... Elle t'a dit cela?...

GILBERT.

On m'aurait donné un coup de massue, qu'on ne m'aurai
pas plus étourdi!... j'étais abruti, et m'écriai : Ah! mon pauvre
père, mon brave Loriot, vous méritiez pourtant une autre récom-
pense!... et je me sentis pleurer comme un enfant!...

LORIOT.

Bon cœur, va !

GILBERT.

Mais, en entendant votre nom, la mère Gérard s'élance vers
moi, me fait deux cents questions, sur ma mère, sur vous, sur les
gens qui travaillent au moulin... Puis, la voilà qui me saute au
cou, et qui pleure à son tour comme une fontaine !

LORIOT.

Que veux-tu dire?

GILBERT.

Et quand elle eut bien pleuré, elle me dit : Embrassez-moi, Gilbert, je peux tout vous confier à cette heure... et elle me remit
cette lettre pour vous.

LORIOT, prenant la lettre.

Une lettre?... l'écriture de ma pauvre défunte !...

GILBERT.

C'est de là-haut qu'elle vous parle aujourd'hui.

LORIOT, ému.

Pauvre chère femme !... non... je ne peux pas... lis pour moi,
Gilbert...

GILBERT, prenant la lettre.

Vous verrez qu'il y a une Providence pour les honnêtes gens !...
(Lisant.) « Mère Gérard, le bon Dieu est toujours du côté du faible.
» Votre idée était la bonne, pour sauver cette chère petite de la
» haine de Babolein. Enfin j'ai été la prendre à l'endroit con-
» venu... »

LORIOT, surpris.

Que dis-tu?...

GILBERT.

Attendez ! (Continuant.) « Je l'ai vite apportée à Loriot, comme une
» enfant trouvée. Je ne regrette pas mon mensonge, car il aurait
» entouré la fille de ses anciens maîtres de tant de soins qu'il au-
» rait fini par nous trahir. »

LORIOT.

C'est impossible !...

GILBERT, baisant la lettre.

Bonne mère !... (Lisant.) « Il est en train de la bercer, à l'heure
» qu'il est, en compagnie de notre petit Gilbert. » (A Loriot.) De moi !

LORIOT.

Continue !...

GILBERT, achevant de lire.

« Il ne se doute pas, le cher homme, que dans le même berceau
» dort le fils du paysan côte à côte avec la fille du marquis de
» Château-Neuf !... Nous l'avons nommée Charmette ! »

LORIOT.

Charmette !...

GILBERT.

Ça y est... signé : « Jeanne Loriot. »

LORIOT, atterré, à part.

Charmette !...

GILBERT.

Ah ! béni soit le bon Dieu qui avait déjà fait d'elle la fille de la
maison !... Elle est pauvre ?... eh bien ! tant mieux !... je travaille-
rai pour elle et pour moi ; et si elle est un jour heureuse, c'est à
moi qu'elle devra son bonheur !

LORIOT, à part.

Charmette !...

GILBERT.

Mais sa famille, elle doit la connaître... elle doit connaître son
nom... un nom honorable, comme le vôtre, père... On disait du
marquis : le bon seigneur !... comme on dit de vous : le brave meunier !... ah ! c'est une dot et un héritage aussi que cela !... et il ne
faut pas y toucher légèrement ; quand je suis si fier de vous, moi,
et que je relève si haut la tête, pour bien faire voir que c'est le fils
d'un honnête homme qui passe !... n'est-ce pas, père ?...

(Il remonte vers la gauche.)

LORIOT, à part.

Il a des paroles qui me gênent celui-là !...

GILBERT, montrant la porte à gauche.

Elle est là ?... Charmette !... ma petite Charmette !...

LORIOT, le retenant.

Mais, dis donc, fieu... tu parles de Charmette avec tant d'ar-
deur... est-ce que tu en serais amoureux... dis ?

GILBERT, stupéfait.

Moi?... Qu'est-ce que vous dites donc là, père?... amoureux?...
Tiens... c'est drôle!... Je sens mon cœur... je n'avais jamais pensé... peut-être bien, père... peut-être bien!...

LORIOT, à part.

Tout pourrait s'arranger par un bon mariage... (Haut.) Laisse-
moi un moment avec elle.

GILBERT, ému.

Oui, père.,. aussi bien... il me semble... que je voudrais être
seul... j'ai comme besoin de rire et de pleurer tout à la fois!.,.

(Il sort par le fond à gauche.)

LORIOT, le suivant des yeux.

Brave garçon, va!... oui, tout s'arrangerait par un bon mariage.
(Entre Charmette par la gauche, un petit paquet à la main.)

## SCENE VIII.

### CHARMETTE, LORIOT, puis MÉDARD.

CHARMETTE, à part.

J'aime mieux partir que d'être chassée... et il me chasserait s'il
savait mon secret! (Voyant Loriot.) Ah!...

LORIOT, montrant le paquet.

Qu'est-ce que cela, Charmette?

CHARMETTE.

Ça, père Loriot?... ce sont mes hardes...

LORIOT.

Tu veux nous quitter?...

CHARMETTE.

Oh!... je vous aime comme une fille, père Loriot, et je serais
malheureuse toute ma vie, si vous pouviez en douter!

LORIOT, prenant le paquet et le jetant de côté.

Mais tu veux partir cependant?

CHARMETTE.

Je commence à prendre de l'âge, père Loriot. J'ai dix-huit ans...
je dois songer à me faire une position.

LORIOT.

Est-ce que ma maison n'a pas toujours été la tienne?

CHARMETTE.

Je gagne à peine ce que je coûte à vivre. Chacun a son petit
orgueil. Enfin j'ai l'idée d'aller à la Lande. On y trouve toujours
du travail... un peu rude, c'est vrai, mais bien payé.

LORIOT.

Et que dira Gilbert?

CHARMETTE, émue,

Gilbert?... Ah! voyez-vous, ne plus vous voir ni vous parler...
ni Médard, ni Marcelle, mes compagnons de fatigue... et ce cher
moulin dont le bruit m'a bercée dix-sept ans... (contenant ses larmes
avec résolution.) Enfin il le faut!...

LORIOT.

Tu aimes quelqu'un, Charmette!

CHARMETTE, troublée.

Moi?

LORIOT, lui prenant la main et souriant.

Et pourquoi non?... L'amour n'est pas un crime. — Voyons,
conte-moi ça... — Tu as tantôt dix-huit ans, comme tu disais...
et tous les gars du pays lèvent les yeux quand tu passes!...
(Il l'attire à droite, s'assied et la fait asseoir sur ses genoux.)
MÉDARD, paraissant dans le grenier sans être vu. — A part.

J'ai fini ma journée... il faut qu'on me paie ma semaine.
(Il s'arrête en voyant Loriot et Charmette.)

LORIOT, à Charmette.

Tu ne dois pas manquer d'amoureux, hein?

CHARMETTE.

Je n'en sais rien.

LORIOT.

Tu n'en sais rien?... Allons donc!... on sait cela en venant au
monde!

MÉDARD, à part, au haut de l'échelle.

La petite Charmette!... tiens... tiens!

LORIOT.

Je parie que je devine!... le fils à Jean-Claude?

CHARMETTE, qui s'est levée et s'est un peu éloignée de Loriot.

Non.

LORIOT, se levant et venant à elle.

Le grand Pinchot?

MÉDARD, à part.

Une grande perche à abattre les noix!

CHARMETTE.

Non.

LORIOT, se frottant les mains.

Le petit Maclou?

MÉDARD, à part.

Elle le perdrait en route!

CHARMETTE.

Non !

LORIOT, avec malice.

Ma foi.... je ne trouve pas !

CHARMETTE.

Je n'aime personne, voilà tout !

LORIOT, l'observant.

Alors c'est Médard... ou Gilbert ?

CHARMETTE, vivement.

Non !... c'est Médard !

MÉDARD, à part, faisant un soubresaut.

Hein... quoi... Ah ! cristi !... je m'en doutais !...

LORIOT, avec une colère contenue.

Comment, Médard ?... ce rustre, ce balourd, ce propre à rien ?...
c'est impossible !

MÉDARD, à part.

Vieux gredin, va !

CHARMETTE.

Vous m'avez demandé mon secret, je vous l'ai dit.

MÉDARD, à part.

Attrape !

LORIOT, à Charmette.

Comment, tu ne fais pas de différence entre Gilbert et ce crétin-
là ?... et quand mon fils te prend la main, ça ne te fait ni plaisir
ni bonheur ?

CHARMETTE.

Non... c'est Médard !

LORIOT.

Et le dimanche, tu n'aimes pas mieux danser avec Gilbert
qu'avec cette grande asperge, qui ne sait que faire de ses bras ni
de ses jambes ?

MÉDARD, à part.

Comme il m'arrange !
(Il descend tout doucement l'échelle et se cache derrière les sacs de farine.)

CHARMETTE.

Non... c'est Médard !

LORIOT.

Et quand tu rêves au mariage, ce n'est pas la belle tête de Gilbert qui passe dans tes rêves, et ce n'est pas sa main vaillante qui
te soutient ?

CHARMETTE.

Non... c'est Médard !

LORIOT, à part.

Ah !... plus d'espoir !...

(Il passe à gauche.)

MÉDARD, à part *.

A la bonne heure, au moins, en voilà une qui m'aime pour moi-même.

LORIOT, à part.

Ingrate et sans cœur !... Oui, qu'elle s'en aille !... (Haut.) Je ne te retiens plus !

MÉDARD, à part.

Elle part !... plus souvent qu'elle s'en ira sans moi !

(Il sort à pas de loup par le fond, à droite.)

CHARMETTE, contenant ses larmes, prenant son paquet.

Adieu, père !... — Vous direz à Gilbert que sa pauvre sœur pensera toujours à lui... — Je vous aime bien, allez !... — Et quand il sera marié... vous me l'écrirez, n'est-ce pas, père?... Oh! si pauvre qu'on soit, on a toujours une bonne prière pour ceux qu'on aime !... — Je prierai pour son bonheur enfin ! — Au revoir, père Loriot... Adieu, adieu !

(Elle sort précipitamment pour cacher ses larmes.)

## SCÈNE IX.

LORIOT, seul, marchant à grands pas.

C'est elle qui l'a voulu !... ça n'a pas deux sous d'amitié ni d'es-. time pour personne !... après tous les sacrifices que j'ai faits pour elle !... je l'ai nourrie... élevée !... (Il s'assied à droite.) Oh! elle serait restée, si elle avait encore eu besoin de moi. — Allons, c'est bien ! — C'est bien, chacun pour soi !

## SCÈNE X.

CHARMETTE, MÉDARD, LORIOT, puis GILBERT.

MÉDARD, entrant par le fond à droite, avec Charmette, qu'il tient par la main.

Oh! entrez !... mam'zelle, entrez !... on vous a chassée... on m'a chassé... Eh bien ! quand on m'aura payé ma semaine, nous partirons ensemble.

GILBERT, qui vient d'entrer par le fond à gauche, sur les derniers mots **.

Partir?...

CHARMETTE, à part.

Gilbert !...

(Loriot se lève.)

* Loriot, Médard, Charmette.
** Gilbert, Charmette, Médard, Loriot.

4

GILBERT.

Qui donc ?...

MÉDARD.

Qui?... Charmette, donc !

GILBERT.

Toi, Charmette... et où vas-tu ?...

(Mouvement de Charmette.)

MÉDARD, regardant Loriot.

Elle va où son cœur la pousse... elle va à la Lande!

GILBERT.

A la Lande?

MÉDARD.

Elle va s'amasser une dot, pour se marier!..,

CHARMETTE, bas à Médard.

Un mot de plus... et je reste !

(Elle passe du côté de Loriot.)

GILBERT *.

Te marier ?... toi, Charmette ?..,

LORIOT.

Eh ! sans doute...

CHARMETTE, bas à Loriot, vivement.

Oh ! taisez-vous, père !...

GILBERT, atterré.

Se marier !..,.

CHARMETTE, bas à Loriot.

Au nom du ciel, taisez-vous !..,

LORIOT, bas.

Me taire? Tu crains donc les reproches de Gilbert?...

CHARMETTE, rougissant.

Mais... je...

LORIOT, à part.

Tiens! tiens! tiens !...

GILBERT.

Au fait, un beau brin de fille comme vous, ça ne pouvait pas grandir dans l'herbe sans être vu !... mais vous auriez pu ne pas me faire un secret de tout cela, Charmette.

CHARMETTE.

Gilbert !

GILBERT.

Mon Dieu! c'est tout simple... on vous aime... vous aimez... et

* Gilbert, Médard, Charmette, Loriot.

quand on s'aime, on se marie... mais je dis que vous auriez pu ne pas m'en faire un secret... voilà tout!

CHARMETTE, à part.

Mon Dieu!

LORIOT, à part.

Oh! les femmes!... (Haut et d'un air narquois, à Médard.) Allons, viens, toi, que je te règle ton compte... viens!... viens!...

MÉDARD, à part.

Comme il s'est radouci!... ce que c'est que de leur montrer qu'on est un homme, pourtant!... (A Gilbert.) Sauf votre respect, notre maître, je vous confie ma femme!

GILBERT.

Ta femme?... toi?... Ah! ce n'est pas possible!...

MÉDARD.

Pas possible?... mais si elle va à la Lande, ce n'est pas pour se dorloter... non... Ah! bien, oui!.... elle travaillera comme un cheval... et j'y compte bien!.... car elle veut s'amasser une dot pour m'épouser... vu que je suis pauvre!

GILBERT, se contenant.

Eh bien! ta chance est complète... tu crois prendre pour femme une paysanne... et tu épouses la fille du marquis de Château-Neuf!...

MÉDARD.

Charmette!... une marquise!...

CHARMETTE, vivement.

Que voulez-vous dire, Gilbert?

GILBERT, tirant la lettre de sa poche.

Lisez! (Il lui donne la lettre et passe à droite.)

MÉDARD*.

Me voilà marquis!... (Voulant prendre la lettre.) Un instant!... je suis le mari!... donnez!... Au fait, je ne sais pas lire!...

(Charmette lit bas.)

LORIOT, à part, se frottant les mains**.

Allons, ça se débrouille!... ça se débrouille!...

CHARMETTE, dont l'émotion a été croissant, achevant de lire.

« Nous l'avons nommée Charmette... » Moi!...

MÉDARD.

Allons, Charmette, dans les bras de votre mari!

* Médard, Charmette, Gilbert.
** Médard, Loriot, Charmette, Gilbert.

CHARMETTE, se jetant dans les bras de Gilbert.

Ah ! Gilbert !...

LORIOT, à part.

Allons donc !...

MÉDARD, à part.

Qu'est-ce qu'elle fait ?...

GILBERT, à Charmette.

Et tu ne pars plus !...

CHARMETTE, avec bonheur.

Non ! non ! non !...

LORIOT, à part.

Le trésor me restera !...

MÉDARD, à part.

Elle ne m'aimait pas pour moi-même !

(Il va pour s'asseoir sur une chaise à gauche et tombe à côté.)

---

# ACTE III.

Le soubassement du moulin ouvert du côté du public. — Au-dessus, le moulin dans toute sa hauteur ; les ailes sont enrubannées et chargées de bouquets. — Le soubassement du moulin, où se passe l'action, est couvert et fermé à claire-voie ; le toit du soubassement sépare donc le théâtre horizontalement. — Porte au fond. — A droite, escalier de bois qui monte jusqu'à la première porte pratiquée dans le moulin ; sous cet escalier, petite porte. — Outils de laboureur, tables, bancs. — Au lever du rideau, Pataud est à la table de gauche avec des paysans ; d'autres sont attablés à droite. — Ils boivent ; — les femmes sont au milieu.

---

## SCENE I.

PATAUD, MARCELLE, PAYSANS, PAYSANNES en habits de fête et portant des bouquets, puis MÉDARD, puis LORIOT.

(*Reprise du chœur.*)

PATAUD, attablé à gauche avec un paysan.*

Qu'est-ce que tu as donc, toi... tu ressembles à Médard... tu es tout chose ?...

* Le Paysan, Pataud, Marcelle.

LE PAYSAN.

A Médard?... moi?...

PATAUD.

Au fait, non!... il a une figure longue de ça!... (A tout le monde.) Voilà-t-y des événements tout de même!.... mam'zelle Charmette qui est à présent fille de marquis!... et monsieur Gilbert qui l'épouse!... et ce pauvre Médard...

MÉDARD, en dehors*.

Allons, laissez-moi tranquille!...

PATAUD.

Ah! le voilà!...

(Entre Médard par le fond.)

TOUTES LES PAYSANNES, entourant Médard.

Bonjour, Médard!... bonjour, Médard!...

MÉDARD, avec humeur.

Laissez-moi donc tranquille, vous!...

UNE PAYSANNE.

Bonjour, Médard!...

MÉDARD, brusquement.

Veux-tu me laisser tranquille, toi, la rougeotte!... (A part, descendant la scène d'un air sombre.) Et moi qui me croyais marquis déjà...

PATAUD, d'un air narquois.

Qu'est-ce que tu as donc, mon pauvre Médard?...

MÉDARD.

Moi?... (A part.) Soyons spirituel...

PATAUD.

C'est tannant, pas vrai, d'être garçon d'honneur quand on songeait à être l'épouseux?

MARCELLE.

L'épouseux?... ah! le beau merle!

MÉDARD, à part.

Soyons spirituel! (Haut, à Marcelle.) Le beau merle?... est-ce que tu m'aimerais pour moi-même, toi?

MARCELLE.

C'est selon!

MÉDARD.

Si je t'épousais?

MARCELLE.

Ah! oui dà... comme le bon pain!

* Le Paysan, Pataud, Médard, Marcelle.

**MÉDARD.**

Tu as donc bien envie de te marier?...

**MARCELLE.**

Ah! oui da... j'aurai vingt ans aux prunes.

**MÉDARD,** lui tournant le dos.

Eh bien! je n'aime pas les prunes, je ne t'épouserai pas.

**MARCELLE,** haussant les épaules.

As-tu fini, trigaud!... avec ça que je t'aurais jamais aimé pour toi-même !

(Elle va se mêler aux femmes du fond.)

**PATAUD,** venant prendre Médard par le bras.

Viens boire un coup... ça te remettra les idées.

(Il l'amène à table, et le fait asseoir.)

**TOUS,** à Loriot qui entre par le fond.

Bonjour, père Loriot!... bonjour, père Loriot!...

**LORIOT,** au fond, prenant le menton à l'une, la taille à l'autre[*].

Hé, hé... que nous voilà belle!...—(A une autre.) Et nous autres, ma fine!... — Ah! ce sera une vraie noce, vous verrez. Nous en aurons jusqu'au menton... Ah! dame... on ne se marie pas tous les jours, et avec des filles de marquis!

**MARCELLE,** allant à Médard[**].

Avec ça qu'elle est mignonne, la mariée, et pas plus fière pour cela!... — Pas vrai, Médard?

**MÉDARD,** s'arrangeant dans sa cravate.

Oui, oui!

**MARCELLE.**

Elle se fait bien attendre, allons la chercher!

**TOUTES.**

Allons, allons!

(Elles montent l'escalier et entrent dans le moulin.)

**LORIOT,** criant.

Prévenez Gilbert!

## SCENE II.

### PATAUD, MÉDARD, LORIOT, Paysans.

**PATAUD,** se frottant les mains.

A-t-il l'air gai, ce vieux Loriot!

[*] Pataud, Médard, Loriot, Marcelle.
[**] Pataud, Médard, Marcelle, Loriot.

LORIOT.

Un peu que je le suis!

PATAUD.

C'est justice, vous ne l'avez pas volé... (Versant à boire.) A votre santé!

LORIOT, trinquant.

Non, à la santé des mariés!

(Médard quitte la table.)

PATAUD.

Hé! Médard, tu ne bois bas?...

MÉDARD, à part, retournant à la table.

En voilà un qui m'embête! (Prenant un verre.) A la santé des mariés! (A part.) Ça m'étrangle à dire!

(Il boit et pose son verre à moitié plein, puis passe à droite.)

PATAUD.*

Tu n'as pas léché ton verre, Médard, t'as quelque chose!... est-ce la mort du vieux Babolein qui te produit cet effet-là?

PREMIER PAYSAN.

Allons donc!... d'ailleurs, ceux qui l'ont tué, ont été arrêtés!

UN PAYSAN.

Je les ai vus, moi... les mains liées...

PATAUD.

Mais ils ont rendu un fier service au pays, tout de même!... Ce Babolein m'a-t-il pas emporté deux journées de travail?... Et vous croyez que ça ne lui a pas porté malheur?... il a trouvé des voleurs, pourquoi?... parce qu'il avait volé... il a été assassiné, pourquoi?... parce qu'il a fait tuer le marquis du Château-Neuf!... pas vrai, père Loriot?

UNE PAYSANNE, paraissant au haut de l'escalier.

Ah! voilà la mariée!...

(Charmette descend avec les jeunes filles.)

TOUS, se levant.

Vive la mariée!... vive la mariée!...

(Ils vont au-devant d'elle, l'entourent et la félicitent.)

(*Reprise du chœur.*)

(Médard est allé se rasseoir à la table de gauche.)

* Pataud, Loriot, Médard.

## SCENE III.

LES MÊMES, CHARMETTE, en costume de mariée, descend l'escalier.

CHARMETTE *.

Merci, mes amies, merci !

LORIOT.

Allons, en route... en route, voilà l'heure!... allons, toi, Médard, en ta qualité de garçon de noce, la main à la mariée !

MÉDARD, à part, étouffant et s'approchant.

Oh!... soyons spirituel !

LORIOT **.

Eh bien... où est Gilbert?...

MÉDARD, à part.

S'il pouvait s'être asphyxié !

LORIOT, appelant.

Hé! Marcelle!... où donc est Gilbert?...

MARCELLE, paraissant au haut de l'escalier ***.

Il n'est pas au moulin!... sa chambre est vide !... (criant.) Monsieur Gilbert !

TOUS, criant.

Ho, hé! monsieur Gilbert, ho, hé !...

## SCENE IV.

LES MÊMES, GILBERT, entrant par le fond.

GILBERT.

Eh, me voilà !

TOUS.

Ah! (Marcelle descend.)

LORIOT, allant à Gilbert les bras ouverts pour l'embrasser.

Eh! viens donc... ça ne s'est jamais vu de courir ainsi comme un lapin le jour de ses noces... viens donc... viens donc!

GILBERT, au lieu de l'embrasser, lui prend vivement la main en s'efforçant de sourire.

Bonjour, bonjour... père !

LORIOT, lui ouvrant ses bras.

Embrasse-moi donc !

* Loriot, Médard, Charmette, Pataud.
** Loriot, Médard, Charmette, Pataud.
*** Médard, Loriot, Charmette, Pataud, Marcelle.

GILBERT, faisant comme s'il n'entendait pas; vivement aux autres en leur serrant les mains.

Eh! bonjour, vous autres!... Comment vas-tu, Pataud?... et toi, Médard?...

(Il lui tend la main.)

MÉDARD, à part *.

Soyons spirituel!...

(Il lui donne la main.)

CHARMETTE, faisant la révérence à Gilbert.

Et moi, monsieur?

GILBERT, allant à elle et lui serrant la main avec émotion **.

Charmette!... (A part.) Ah! qu'elle est gentille ainsi!

CHARMETTE, à Gilbert.

Comme vous voilà arrangé!... (Elle lui remet sa cravate.) Mais d'où venez-vous donc, monsieur?

GILBERT, s'efforçant de plaisanter.

Moi?...

LORIOT, riant.

Oui, toi, coureur?

CHARMETTE.

Voyons, Gilbert, tu as l'air soucieux, qu'as-tu?

LORIOT.

Ça, c'est vrai; le monde tourne comme on dit, et les jeunesses maintenant ont des airs d'enterrement quand ils se marient!

GILBERT.

C'est que le bonheur s'en va souvent aussi vite qu'il vient!

CHARMETTE.

Que voulez-vous dire, Gilbert?

GILBERT.

Je dis... je dis que j'aurais voulu vous voir vêtue comme une marquise, que vous êtes, et non comme une paysanne, que vous n'êtes pas!... n'est-ce pas, père Loriot?

LORIOT, haussant les épaules.

Hé!... si elle est contente et heureuse comme ça!...

CHARMETTE, à Gilbert avec amour.

Oui, contente et heureuse!... Oh! oui, très-heureuse!... et vous, Gilbert?

* Marcelle, Charmette, Loriot, Médard, Gilbert, Pataud.
** Marcelle, Charmette, Gilbert, Loriot, Médard, Pataud.

GILBERT.

Moi?... je dis encore que c'est bien mal de vous avoir dépouillée de tout votre bien!... n'est-ce pas, père?

LORIOT.

Eh, mon Dieu! l'argent ne fait pas le bonheur!

CHARMETTE.

J'ai grandi dans des sabots et sous la bure. Je m'y suis faite, Gilbert, comme une fauvette dans un mauvais nid, car mon cœur était toujours tourné vers vous.

LORIOT.

Allons, partons!

GILBERT.

Oh! nous avons le temps... le maire n'est pas prêt.

MARCELLE.

Il n'en fait jamais d'autres!... je n'y tiens plus, je veux danser!... Venez-vous... nous forcerons Jean-Pierre à nous jouer de la cornemuse?

(Elle remonte près des jeunes filles.)

CHARMETTE.

C'est ça!... c'est ça!...

MARCELLE, entraînant Médard *.

Et nous enlevons Médard!

MÉDARD, enfonçant son chapeau.

Et il va falloir que je m'amuse!... soyons spirituel!

(Tous sortent par le fond, excepté Loriot et Gilbert.)

## SCÈNE V.

LORIOT, GILBERT, appuyé contre l'escalier.

LORIOT.

Eh bien?... Ah! jarnidié, quelle boule de neige tu fais! J'étais plus dégourdi que ça, moi, le jour de mon mariage!...

GILBERT, à lui-même, en passant à gauche.

Ah! maudite soit l'heure où une pièce d'or est entrée dans cette maison!...

LORIOT.

Hein?...

(Il ferme la porte du fond et redescend.)

GILBERT.

Ah! j'étouffe!... je ne peux pas y tenir plus longtemps!...

LORIOT, frissonnant.

Que veux-tu dire?...

* Loriot, Charmette, Marcelle, Gilbert, Pataud, Médard.

GILBERT.

Je veux dire?... ah! je n'oserai jamais!

LORIOT.

Tu me fais peur!... voyons... parle...

GILBERT, avec effort.

Eh bien!... cette nuit... — la joie m'avait tenu éveillé... — j'étais dans le jardin... je rêvais à mon bonheur... quand tout à coup un homme se redresse à dix pas de moi, et se met à courir, en cachant un coffret sous sa veste!...

LORIOT, à part.

Ah!

GILBERT, continuant.

Je le suis, cet homme... il entre au moulin... ouvre cette porte... et à la lueur d'une lampe qu'il allume...

LORIOT, vivement.

Ah! tais-toi!

GILBERT.

Pourquoi donc tremblez-vous?...

LORIOT, se contenant.

Moi?... continue!

GILBERT, brutalement.

A quoi bon, puisque vous m'avez compris!

LORIOT.

Je te dis de continuer!

GILBERT, montrant la petite porte de droite.

Eh bien! l'œil collé à cette porte, je vous ai vu compter...

LORIOT, avec terreur.

Tais-toi, malheureux, tais-toi!

GILBERT.

Ah! je vivrais cent ans, que je n'oublierais pas vos yeux, ni l'expression de visage que vous aviez en écoutant le bruit que cet or faisait, et en le comptant pièce à pièce!... Si on pouvait se voir, on ne garderait pas une heure l'argent qu'on n'a pas gagné... on fait horreur à voir...

LORIOT, avec amertume.

Même à son fils, n'est-ce pas?...

GILBERT, avec douleur.

Ah! pardonnez-moi, mon père!... mais je souffre plus à vous dire ces choses-là, que vous à les entendre!

LORIOT.

On m'espionne donc chez moi?

* Gilbert, Loriot.

GILBERT, avec respect.

On n'espionne pas les gens, mon père, pour avoir donné l'éveil aux bonnes actions qu'ils pourraient faire.

LORIOT.

C'est cela, les fils font aujourd'hui la leçon aux pères... Oh! allez, allez!

GILBERT.

J'ai eu peut-être tort, mon père, mais je vous supplie humblement de rendre à mademoiselle de Château-Neuf...

LORIOT.

Rendre!... rendre!... Dis donc que la dot ne te déplairait pas!

GILBERT, froidement.

Vous me prêtez de mauvais sentiments!...

LORIOT.

Mais où est le mal, enfin, moi, ton père, d'avoir gardé une fortune qui t'appartient... Tu es le mari de Charmette, enfin?

GILBERT.

Je ne le suis pas encore!

LORIOT.

Laisse donc, c'est tout comme!

GILBERT.

Charmette est libre!... rendez-lui sa fortune... et si elle me choisit...

LORIOT.

Si elle te choisit, oui... Mais si elle ne te choisit pas?

GILBERT.

Elle en épousera un autre, voilà tout!

LORIOT.

Tu en mourrais!

GILBERT.

Soit!...

LORIOT.

Je ne veux pas que tu meures, moi!

GILBERT.

Je vous réponds du cœur de Charmette.

LORIOT.

Son cœur?... Ah! tu ne connais pas les femmes!... Pauvre, elle t'a choisi... mais riche!...

GILBERT.

Oh!...

LORIOT.

Elle te dédaignerait... et tu serais la risée du pays!...

GILBERT.

C'est impossible !...

LORIOT.

J'en ai vu tourner bien d'autres, comme la girouette de mon moulin !...

GILBERT, tombant assis à gauche.

Ah ! mon Dieu !... mon Dieu !...

LORIOT, s'approchant de lui.

Mais voyons, Gilbert... je n'ai pas soixante-cinq ans d'âge pour rien, que diable... et après moi, à qui revient cette fortune ?... A Charmette et à toi !... oui, à toi !... je veux que tu sois riche enfin !... Épouse-la, garçon, épouse-la, et je réponds du reste !

GILBERT.

Vous répondez du reste ?... Babolein en avait peut-être dit autant, mon père ?

LORIOT.

Allons, c'est bien. On n'a jamais tant parlé de cet homme que depuis qu'il est mort.

GILBERT.

C'est que sa mort est une leçon aussi !

LORIOT.

C'est bien, c'est bien !

GILBERT.

Voyez-vous ce pauvre misérable qui se sauve un matin en emportant toute sa fortune, et qui va se faire tuer, à vingt lieues d'ici, dans une chambre de moulin comme celle-ci !... Oh ! j'ai vu la place, moi, en revenant de Grenoble, je l'ai vue !

LORIOT.

Tu es fou !

GILBERT.

Est-ce bien vous qui me parlez, mon père ?... (Avec énergie.) Mais cet or vous a donc brûlé le cœur !

LORIOT, se redressant.

Gilbert !

GILBERT, vivement, se levant.

Non, non !... je vous respecte et vous aime, et en dépit de tout, mon cœur vous reste !

LORIOT.

Alors, obéis-moi !

GILBERT.

Ah ! tenez, au nom de cet amour que je vous porte, au nom du respect que je vous dois, au nom de mon bonheur, au nom de ma mère, enfin, qui nous regarde et vous juge là-haut... c'est au nom de tout cela que je vous prie de ne pas vous déshonorer. (Il se jette à ses pieds.)

LORIOT.

Je ne te savais pas méchant, fieu !

GILBERT.

Mon père !

LORIOT.

Mais cette fortune que je retiens, c'est ton bonheur que j'assuré !...

GILBERT, se contenant.

C'est là votre dernier mot ?

LORIOT.

Allons, viens, la noce attend, viens !... (Il remonte la scène.)

GILBERT, se levant, ôtant son bouquet et ses rubans et les jetant par terre*.

Dans deux heures, j'aurai quitté le pays !

LORIOT, frissonnant et descendant la scène.

Hein ?

GILBERT.

Je renonce à Charmette !

LORIOT, avec effroi.

Tu ne feras pas cela, Gilbert !

GILBERT.

J'aurais dû l'avoir déjà fait !

LORIOT, tremblant.

Tu ne partiras pas !

GILBERT.

Et pourquoi non ?

LORIOT, les larmes dans les yeux.

Eh bien ! et moi ?

GILBERT.

Vous ?... vous n'avez plus besoin de fils... On dit que l'or, ça tient lieu de tout !

LORIOT.

Ah ! c'est comme ça que tu le prends ?... Eh bien, va-t'en, ingrat... va-t'en !...

GILBERT.

Ingrat ?... Ma pauvre mère ne m'a jamais fait ce reproche, au moins !

LORIOT.

Je crois bien, tu l'as toujours aimée plus que moi !

(Il s'assied à gauche.)

* Loriot, Gilbert.

**GILBERT, s'attendrissant.**

Oh! oui, je l'ai aimée, cette pauvre sainte, qui s'en est allée entourée de l'estime et de la vénération de ses amis!... aussi toutes les choses qu'elle a touchées sont des reliques pour moi!... et si vous vouliez me permettre d'emporter...

**LORIOT, ému.**

Quoi?

**GILBERT.**

Ces petits riens qui n'ont de valeur que pour moi, et qui étaient toute sa richesse à elle... sa croix accrochée au fond de votre lit, avec la couronne de buis bénit qui l'entoure, et que le temps a jaunie.. Tout cela, voyez-vous, ce serait de pieux souvenirs pour moi... et pour vous... Ah! prenez garde... ça pourrait bien être des remords!... (Loriot s'éloigne. A part.) Ah!... mon pauvre père!... mon pauvre père!... (Regardant la petite porte à droite et comme frappé d'une idée.) Ah! je le sauverai malgré lui!

(Il sort par le fond.)

## SCÈNE VI.

**LORIOT, seul, se levant avec agitation.**

Mon trésor est découvert!... Je ne peux plus le laisser là... où le cacher?... où?... Cette nuit... Ah! c'est la nuit que Babolein a été volé!... Gilbert a raison... Il était tout seul... dans une chambre... à côté de son trésor.... c'est singulier... je suis seul aussi.... et mon trésor est là!... Eh bien! après? personne ne sait que je suis riche, moi!... oui... mais on peut le savoir!... et alors... Enfin, il avait à peu près mon âge!... et une nuit, il entend briser une vitre... (On entend briser une vitre. — Écoutant.) Ah!... on dirait... non!.... la vitre brisée, il entend remuer de l'or!... (On entend remuer de l'or. Écoutant.) Comme moi!... (Poussant un cri terrible.) Ah!... il y a quelqu'un là... on me vole!., (Il se précipite vers la petite porte de droite qu'il pousse violemment et revient épouvanté.) Au voleur!... au... (Il comprime ses cris.) Ah! tais-toi, malheureux, ne crie pas, on te demanderait compte de cet or!... Ah! volé, et ne pouvoir crier au voleur!... Ah! qu'il me tue alors, qu'il me tue!

(Il se précipite de nouveau vers la petite porte de droite, et se trouve en face de Gilbert, qu'il saisit à la gorge, sans le reconnaître.)

## SCÈNE VII.

### GILBERT, LORIOT.

**LORIOT, le secouant.**

Ah! rends-moi mon trésor, rends-le-moi! ou je t'étrangle!

GILBERT, froidement.

Prenez garde, mon père, vous me faites mal!

LORIOT, le reconnaissant.

Gilbert!... toi!... Ah! je respire!... Tu me le ramènes mort ou vif, n'est-ce pas?

GILBERT, se levant.

Oui, je vous le ramène!

LORIOT.

Où est-il, ce brigand, où est-il?

GILBERT.

Il est devant vous.

LORIOT.

Tu m'as volé?... toi?... Ah! ce n'est pas vrai!

(Il se précipite dans la chambre à droite.)

GILBERT, seul.

Je le devais!...

LORIOT, revenant pâle et chancelant, après avoir poussé un grand cri, d'une voix étranglée.

Mon fils!... c'était mon fils!... Ah!... tu m'as tué!...

(Il chancelle.)

GILBERT, courant à lui.

Votre fils avait seul le droit de sauver votre honneur!

LORIOT, passant à gauche. *

Ah! laisse-moi!... Ayez donc des enfants!... Tiens, je te renie!

GILBERT.

Vous me rappellerez demain!

LORIOT.

Mais cet or... c'était ma vie! c'était mon sang!... Qu'en as-tu fait Gilbert?... je suis un misérable si tu veux!... mais rends-le-moi, Gilbert! rends-le-moi!...

GILBERT.

J'ai fait remettre à mademoiselle de Château-Neuf l'héritage de son père!

LORIOT, éclatant.

Ah! ni pitié, ni remords!...

GILBERT.

Mais...

LORIOT, levant le bras sur lui.

Ah! tais-toi, si tu ne veux pas que... (Épuisé, il va tomber sur la chaise près de la table de gauche.) Ah! Gilbert... Gilbert, qu'as-tu fait?...

* Loriot, Gilbert.

CHARMETTE, au dehors.

Père Loriot!... père Loriot!...

GILBERT.

Charmette!...

## SCENE VIII.

### LES MÊMES, CHARMETTE.

CHARMETTE, entrant gaiement par le fond.[*]

Eh bien! père Loriot, monsieur le maire attend, et la noce aussi, dépêchons!...

LORIOT.

La noce?

CHARMETTE.

Eh oui, la noce!... et si vous l'avez oubliée, je vous redemande la main de votre fils.

GILBERT, bas à Charmette.

Charmette!

CHARMETTE, bas à Gilbert.

Laissez-moi faire!

LORIOT, à Charmette.

Vous voulez encore de Gilbert, mademoiselle?

CHARMETTE.

Dame!... à moins que les deux cent mille francs qu'un inconnu vient de me remettre de la part de monsieur Babolein... Je veux dire que monsieur Babolein lui avait laissés pour moi en partant... à moins que cette dot ne vous chagrine, je ne vois pas pourquoi je serai malheureuse toute ma vie.

GILBERT, bas à Charmette en lui serrant la main.

Ah! vous êtes le bon ange de cette maison!...

LORIOT.

Noble cœur!...

CHARMETTE passe à droite de Loriot.

Et quand je dis que je suis riche, je me trompe.. Ce n'est pas moi qui suis riche, c'est vous!...

LORIOT.

Moi?

CHARMETTE.

Eh! sans doute!... N'êtes-vous pas mon père?... ne m'avez-

[*] Loriot, Charmette, Gilbert.

vous pas élevée, nourrie et choyée pendant seize ans ?... Et qui donc
a souffert la soif et la faim pendant six mois, sur les chemins, sans
autre compagnon de voyage que son violon, pour retrouver ma famille et me rendre mon nom, c'est vous?... et qu'est-ce qui m'a
donné un état et me marie aujourd'hui, c'est vous?... Vous voyez
donc bien que cet or est à vous, puisque je suis deux fois votre
fille... oui, deux fois... par le cœur et par le dévouement!

LORIOT, se levant.

Je t'ai chassée, Charmette!... je t'ai maudit, Gilbert!... ah!
mon Dieu!... mon Dieu!...

(Il pleure.)

CHARMETTE.

Mon père!...

GILBERT.

Vous pleurez?...

LORIOT.

Ah! laissez-moi pleurer!... c'est la première fois que je pleure
depuis mon retour... et il me semble que tout le mauvais que j'ai
en moi s'en va avec mes larmes!... Cette fortune est à toi, Charmette! — Oh! pas un mot de plus!... — et tout ce que je vous
demande maintenant, c'est de vouloir bien me pardonner!...

GILBERT et CHARMETTE.

Vous?...

LORIOT.

Oui, pardonnez-moi... car le pardon des enfants lave tout aussi
bien la faute des pères que le pardon des pères celle des enfants!...
—J'ai renversé l'ordre du bon Dieu, Gilbert... je t'ai laissé passer
devant... tu es le chef de la famille... pardonne-moi, mon fils,
pardonne-moi!...

(Il veut s'agenouiller.)

GILBERT, l'arrêtant.

Oh! dans mes bras!... dans mes bras!...

(Il l'embrasse.)

MARCELLE, entrant avec la noce.

Les voilà!... les voilà!...

## SCÈNE IX.

LES MÊMES, MARCELLE, MÉDARD, LA NOCE.

MARCELLE*.

Çà, père Loriot, il faut que ça finisse... voilà trois fois que mon-

* Charmette, Gilbert, Loriot, Marcelle, Médard.

sieur le maire a mis son écharpe, et quatre fois que le bedeau a retiré son habit !...

LORIOT, se secouant.

En route donc, en route !... eh bien ! Médard, le cœur ne t'en dit pas ?...

(Gilbert va prendre au fond à gauche le violon de Loriot qui est accroché.)

MÉDARD.

Moi, bourgeois?... Je veux qu'on m'aime pour moi-même !... je suis assez spirituel pour ça !

GILBERT, à Loriot en lui donnant son violon.

Voilà votre violon, père !...

LORIOT, à son violon.

Oh ! mon violon !... tu vas donc retrouver la gaieté d'autrefois !... je t'ai fait chanter pour le diable... chante maintenant pour le bon Dieu, chante, chante !... (Brandissant son archet.) A la noce !...

TOUS.

A la noce, à la noce !...

LORIOT, *en tête, chantant.*

Bons paysans, voilà ce qu'on trouve en tout lieu.
Voilà les rentes du bon Dieu.

(Reprise en chœur pendant que la noce défile.)

FIN.

Paris. — Typ. de M^me V^e Dondey-Dupré, rue Saint-Louis, 46.